Kashgar

カシュガル

松生　勝

文芸社

カシュガル＝中国新疆ウイグル自治区のオアシス都市。タクラマカン砂漠の西端にあり、天山南路の要地として古くから栄えた。人口の約九割はイスラム教徒のウイグル族が占める。

カシュガル

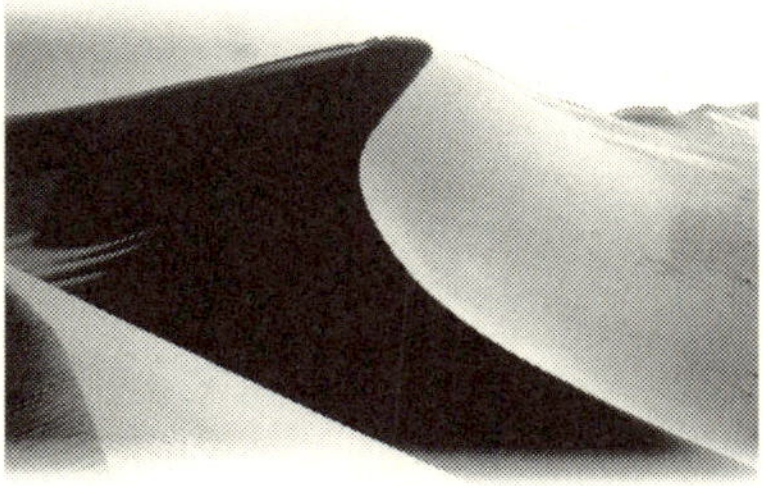

一

飛行機のタラップを降りると深夜の殺風景な世界が広がっていた。今しがた着陸した滑走路が暗やみの彼方で途絶えていた。乗客を降ろしたばかりの飛行機だけが、静寂な薄闇に包まれた飛行場の中で鈍い光を放って浮かび上がっていた。

空港案内人の指示で作られた人の流れに沿って到着ロビーのドアをくぐると、今しがた飛行機を降りてきた人たちと彼らを出迎える人たちとの間にボルテージの高い会話が飛び交っていた。ここカシュガル地区は人口の約九十パーセントをウイグル族が占め、耳にする会話のほとんどがウイグル語である。

空港のロビーといっても、日本の地方都市の列車の待合室を少し大きくした造りで、今にも寿命がつきそうな数基の蛍光灯が、人でむせ返る喧騒空間を弱々しく照らしていた。二十一世紀を目前にしても、そこには飛行機の離発着を表示するモニターも見当たらず、近代文明から遮蔽された映像で見る薄暗い収容所を連想させる。

待合室の側面に設置されているベルトコンベアから旅行鞄が流れてきた。唐沢史樹《からさわふみき》はカルチャーショックから逃れるように、人込みをかき分けてそこに近づき、自分の旅行鞄を引きだすと、出口へと移動する人の流れに身をまかせて外に出た。そこは広場になっており、飛行機の乗客をはるかに上回るおびただしい数の車が所狭しと駐車していた。深い眠りのために機内食を取りそこなっていたので、待合室に隣接したマクドナルド風のレストランに駆け込んだ。ショーウインドーの中には、空腹でも食欲をそそりそうにないナン（ナーン）と呼ばれる数個のドーナツ状のパンが並べられていた。

史樹はまだ焼そば風の麺が売れ切れていないのに気付いて、

「ブ、ラギマン、ナチャブル（この麺はいくらですか）」

と、片言のウイグル語でカウンター越しに女性店員に話しかけた。女性店員はその問いに答えることなく、無造作に漢語とウイグル語で併記された価格表を突き出した。

史樹が価格表を覗き込んでいる間に、彼女は麺を小皿に盛り付けて彼の前に差し出した。ポケットの中にしまいこんでいた数枚の五元札の中から二枚を取り出して支払いを済ませると、小皿を持って近くの空いているテーブルの前に腰をおろした。

明るいレストランの中で史樹が改めて目にしたのは、ほんの数時間前まで滞在していたウルムチとは、まるで異なった客の容貌や服装である。薄暗い空港待合室では識別できなかったが、さながら人種のるつぼの感さえ覚えた。膚の色、顔の輪郭、背丈に加えて、服装までもが多種多様であった。元という貨幣単位を除けば、ここが中国であるとはとても思えない。同じ新疆ウイグル自治区でも、大都会のウルムチでは、訪問した新疆工学院を除けば、空港、ホテルはむろんのこと、ビジネス街を行き交う人のほとんどが月並みな服装をした漢族であった。

麺を食べ終わると、タクシーを求めて再び広場に向かった。車の外で客寄せをしていた運転手が近づいて来て漢語で話しかけてきた。ホテルの行き先を書いた紙切れを取り出してその個所を指さした。海外ではいつも到着先でホテルに電話をして、値段の割引交渉をするのに珍しいことである。今回の旅行でもホテルをあらかじめ予約したのはここカシュガルだけで、これは夜半に飛行機が到着するため、英語の通じないこの地でホテルを探すのは不可能と判断したことによる。予約したホテルは、中国とパキスタンの合資で建設された当地では最上級の其尼《チニ》瓦克《バク》賓館で、彼が宿泊するのは、最近増築された円柱状のカシュガルでは数少ない高層ビルの方である。

タクシーは街路樹が両サイドに植えられている人けのない舗装道路を進んでいった。車のヘッドライト以外に道路に照明はない。しかし満月に近いため、サイドウインドウーからは街路樹の向こうに広がるなだらかな耕作地が見渡せ、所々、その平坦な流れを切断するように果樹園が点在するのが識別しえた。

暫く後部シートに身を沈めていると、道路傍に家屋の立ち並ぶ交差点が現れ、タクシーは左折した。この道路は、深夜でも時折車が行き来きするカシュガル市のメインストリートである。道路の両側には家が立ち並び、居酒屋風の家の軒先には裸電球が吊るされていた。その前で、数人の男たちが酒を飲んで談笑したりビリヤードを楽しんだりしていた。どの男たちも平たい帽子を被っていた。

ホテルに到着した時、少し前に着いたらしい日本人客数人が、ロビーのソファーに腰をおろして談笑していた。添乗員らしい男が、彼らの一人一人からパスポートを受け取っていた。カシュガルにやってきたことを誰にも知られたくない史樹は、自分が日本人であることを覚られないために、客たちの横を一礼もせずに足早に通り過ぎフロントに向かった。

宿泊手続きを済ませてから、部屋に入ってベッドに腰を下ろすと急に疲れを覚えた。時計はすでに午前二時にならんとしていたが、二時間の時差がある北京時間では十二時より少し前である。彼は旅行鞄からパジャマを取り出すと、シャワーを浴びることもなく、さっさと着替えを済ませ、そのままベッドに潜り込んだ。

カシュガルまで旅してきたのは、数年前まで大学院の同級生として共に学んだアスヤに再会するためである。アスヤは、史樹が大学院後期博士課程に進学する前年の秋、日本の大学院で国費留学生として勉学することになった夫、林国棟とともに上海からやって来た。翌年の二月、試験にパスした彼らは、大学院博士課程（後期）に入学が許可された。

アスヤの出身大学は新疆工学院で、大学院修士課程は夫と同様に上海で学んだが、大学は別々であった。日本でも夫の留学先のみならず、夫と同居しながら通える距離にある大学には、彼女の専門を深められる分野がなく、やむなく少々専門を変え、史樹が在籍する大学に籍を置くことになった。このため、アスヤが研究に慣れるまで、実験に際しての装置の稼働方法や研究の背景となる理論の説明は、同級生である彼が面倒をみることを教授から依頼された。これは教授が多忙であることと、アスヤが教授から渡されたテーマが多少とも史樹の研究テーマと類似していたことにもよる。

史樹は同級生であっても、一歳下である。これは中国の工学系の修士課程は最短でも二年半で、日本より半年長いためである。しかしもともとリーダーシップに富む史樹は、アスヤを誘って数人の仲間と夜遅くまで一緒に実験や討論をするのを日課としていた。

史樹の所属する研究室は、事務職員を除いて構成員が全て男子であるが、アスヤがすでに結婚をしていることや、イスラム（イスラーム）の男女の戒律の厳しさを潜在的に意識しているためか、特別な感情を抱く者は居そうになかった。史樹も研究室の中では二人だけで談笑することはあっても、彼女の在籍中に特別な想いを寄せる素振りを示す様子もなかった。

史樹には所帯を持った兄が二人いた。長兄は大学を卒業すると商社に三年間勤めた後、父親の仕事を継いでおり、両親の勧める女性と結婚し二人の子供がいる。史樹と同様、中学、高校を男子校で過ごした次兄は、真面目を地で行くような男であった。彼は大学院時代に、自分の後輩の女性を好きになり、その女子学生に夢中になった。

正月に一家が勢揃いした時、次兄は研究室の同僚と一緒に撮った写真を家族に見せ、

「自分が愛している女性はこの女《ひと》だ」

と指差しながら、

「この女性のハートを射止めようとしているんだ」

と幸福そうな笑みを満面に浮かべて言った。両親は息子が好いているなら反対はしないという顔付きで、取り立てて歓迎するような素振りは示さなかった。史樹もその女性が好みのタイプでないので、なぜ兄がこの女性に熱を上げるのか、理解に苦しむ面があった。

しかし半年後に、その兄が一途になっていた女性から、ひどい精神的ダメージを受けたとし

てセクハラで訴えられた。長兄の話によると、研究室の先輩であることをよいことに、小料理屋の一室にその女性を招待し、諄《くど》いほど結婚を強要したことが直接の原因らしい。すでに何度も断わっている迷惑も顧みない行動に女性が傷つけられたとして、弁護士を通して二百万円を要求された時、美人で自尊心の高い母親が、

「お前はよほどの下手物好きか」

と次兄に激怒したことを史樹ははっきり覚えている。お盆で史樹が帰省し、一家が再び揃った時のことであった。

しかしその後の結末は、両親が兄に配慮したためか、史樹には聞かされていない。その兄は、そのトラブルを境に大学に居づらくなり、現在は高校の英語教師をしている。兄はそのトラブルから二年後に両親の勧めで見合い結婚をし、子供が一人いる。妻は彼を訴えた女性よりも遥かに目鼻立ちの整った美人である。この事件でショックを受けたのか、史樹は大学院生になっても、積極的に結婚相手を見つけようとする姿勢を示せないでいる。

アスヤの父親はカシュガル生まれのウイグル族で、母親は上海生まれの漢族である。アスヤは彫りの深い面長の美人であるが、目や髪は黒色で、東洋人そのものであった。背は女性にしては長身である。

アスヤの色白の削げた様な鋭利な相貌と細身のスタイルは、一見して才媛というイメージを彷彿させるが、史樹は当初、日本語の解らないアスヤの面倒をみるのが、重荷で憂鬱と感じる日さえあった。しかし半年も経たないうちに、アスヤの日本語は著しい上達を示し、それに伴って研究の方も飛躍的に進み始め、その相貌は額面通りの光彩を放ち始めた。指導教授の方もアスヤの相貌がお気に入りであった。

研究面では指導的立場にある史樹にもアスヤと比べて、当時はっきりと劣る点があった。英会話力である。ただし英語の読み書きは多少ともアスヤより優れていた。ある日教授から、史樹とアスヤが米国から来た研究者との討論に加わるよう教授室に呼ばれた。アスヤは語学に卓越した教授に拮抗して、流暢な英語で研究内容を説明していた。ジョークが入って和やかな雰囲気であったが、史樹は自分だけが蚊帳の外に置かれたような惨めな気持ちになっていた。訪問客が帰った後、教授からは暇があれば英会話を習得するよう叱責された。

史樹はアスヤが中国の西域の生まれであるのになぜ英語に堪能なのか尋ねたことがある。アスヤの話では、彼女の通ったカシュガル一中ではウイグル族は漢語を、漢族はウイグル語を週に四時間学ぶことを義務づけられていたが、自分は中学校に入学する頃には、ほぼ両方の読み書きができ、その分英語の勉強に時間をかけることができたということである。また、漢語は英語と文法的には同じ構成になっているので、英語を習得するのは日本人よりも楽であるとも言った。

しかし要因は他にもあった。ウイグル語はウラル・アルタイ語族に属し、もともとはペルシャ語によるパハレヴィー文字で書き表されていたのが、イスラム化以降はアラビア文字を少し柔らかく変形した形で用いるようになった。このため、表現上の矛盾を解消する目的で、アラビア語の二十八のアルファベットにさらに四個の字母を新たに補っている。

しかし中央政府は、ウイグル語の表示をローマ字ですることを推奨した。このためアスヤの中学校で漢族が習うウイグル語の読み書きはローマ字でなされ、英語の学習に取り組み易かったことにもよる。英会話の方は、上海に移って英会話学校に通ったとのことである。しかしアスヤがなぜ自分がウイグル語と漢語の両方が小さいときから習得できる環境にあったかを史樹に話したことはない。

アスヤの宿舎は研究室から少々距離があった。このため夕食は大学近くの安価なレストランで済ますのが常であったが、いつも研究室の仲間たちと一緒で、大学構内以外で二人だけになった記憶はない。

研究室の方針として、土曜日は休日でないため、日曜日に仲間たちが日本の伝統文化を彩る催しものに誘っても、夫と二人だけで過ごしたいと言って付いて来たことは一度もなかった。夫も一緒に連れて来てはと言っても首を縦に振らなかった。

アスヤが夕刻前に研究室の仲間と行動を共にしたのは、学会後の旅行や研究室全体の行事の時のみであった。アスヤは自分の生い立ちや夫の話題を口にしたことがなく、夫が三年半も日本に滞在していたのに、史樹は一度も会ったことがなかった。

アスヤが三年の課程を終了すると、教授は彼女が留学生であることや、コンピュータを専攻する彼女の夫が米国に博士研究員として留学することも考慮して、直ちに博士号を与えた。しかし史樹に学位が授与されたのはそれから一年後であった。その間、彼は文句の一つも言いたいところであったが、ここで教授と事を構えることは得策でないと判断し、学位には執着していないポーズを装った。

史樹の方は学位を取得後、教授の計らいで米国へ二年間留学をさせてもらった後、呼び戻されて待望の助手に採用された。これは先輩の助手が助教授として他大学に転勤したことによる。アスヤは夫とともに米国に渡ったが、半年後に一人で中国に戻り、現在は離婚してカシュガルの師範学院で教鞭をとっている。夫の方は、米国生まれの中国人女性と再婚した。アスヤが母親の看病で中国に戻り、亡くなった後も父親の世話をするためにそのままカシュガルに留まっているという噂が研究室にも流れてきた。史樹がそれを耳にしたのは、三月末日に渡米する二週間前であった。このため、クリスマスカードを米国宛てにしてしまっていた史樹は、渡米前にアスヤの住所を友人から訊き出した。

彼の友人の話では、指導教授や日本で親しくなったアスヤの女友達が近況を尋ねた年賀状を送っても、カシュガルの絵葉書に、通り一遍の挨拶を記載した返事が返って来るだけで、近況には一切触れていないということであった。

その当時、アスヤがカシュガルにいるという噂は研究室で流れていても、離婚したという噂は流れてはおらず、史樹がその噂を知ったのは、米国から帰国してからである。しかし研究室では、アスヤの前夫と面識のある者がおらず、誰もアスヤの離婚が事実であるという確証を掴んでいなかった。帰国後の史樹はアスヤを気遣い、近況を尋ねることなく、米国で出した年賀状と同じような簡単な挨拶を付した年賀状を送るだけにした。しかしいずれにせよ、アスヤから返事が届いたことは唯の一度もない。

史樹は教官として学生の指導にあたるようになった。彼の所属する研究室の教授である江島は五十歳になったばかりで、研究室を奥田から受け継いで九年目であった。彼は助教授時代、助手とともに前任教授の研究を継承して、それを飛躍的に発展させ、助教授時代から名の通った学者であった。

ところが教授に昇進すると、今まで前任教授とともに発展させてきた研究は助手から助教授に昇進させた男に肩代わりさせ、自分は全く別の研究を始めた。史樹は前任の教授から卒業研究と大学院の一年間だけ教えを受け、その後の大学院での研究は江島の指導の下で、彼が新たに発案したテーマで研究指導を受けた。

しかし、史樹が留学から帰国すると、彼は米国でやってきた研究の継続は認めないと言った。彼はまた史樹の学位論文のため自分が与えたテーマを継続することも禁止した。同じ装置を使用しても、全く新しいテーマを切り開けと強い口調で言った。具体的なテーマを三ヶ月後に提示しろと命じた。

史樹は毎日針のムシロに座らされた心境になったが、新たなテーマの開発は彼にとっても大いにやりがいのあることであり、江島の厳命に感謝した。しかし、二週間に一度、江島は助教授と史樹を呼んで研究の進行状況を聞くのが常であった。激しい追及をすることが屡々である。彼は論文にならないような実験や理論は国費の浪費だと言い切った。

史樹は三ヶ月目に自分のテーマを提示すると、死に物狂いになった。江島は史樹の研究が早く進むよう大学院生を二人付けてくれた。むろんそれと平行して、かつて史樹が研究していた教授のテーマを遂行する大学院生の面倒を全面的にみなければならないことは言うまでもない。

史樹は立場上、自分が始めた研究の成果が上がらないと、博士課程でやった研究の延長に戻って、江島の冷笑を浴びながら再びそのテーマを推し進める以外に道がないことは明らかである。

現助教授のテーマは江島の助教授時代に発展させたテーマと同じである。そのため任されている大学院生の数は助教授より助手である史樹の方が多い。

江島は、高校、大学と秀才で通っていたが、その間運動部に所属しキャプテンを努めていた。しかし大学院に進学すると、研究の鬼と化していた。彼は毎日、九時半頃、研究室にやって来て、七時に一旦帰宅し、入浴後、家族と夕食を共にし、それから九時に再び大学にやって来て、論文を書いて帰宅するのが十二時過ぎである。土曜日も祭日も同じ生活で、日曜日だけが午後三時から六時までの勤務である。多忙な彼は誰もいない日曜日に研究室の実験装置に目をやりながらアイデアを練るのを楽しみにしており、直接学生の実験や理論の指導をするのは主に土曜日である。

彼は休暇を取らないと研究に意欲が涌かない者は、研究室を出て自分に合った職に就けというのが口癖であった。研究や仕事を趣味の境地でやれないからストレスが溜まったり、挙げ句の果てに過労死を招いたりするのだというのが彼の持論である。その言葉通り、彼の体はすこぶる頑強でむろん入院経験などは一度もない。

彼は日曜日には二人の子供と早朝約一時間程度ジョギングとキャッチボールを楽しみ、家庭は極めて円満であった。彼はインパクトファクターの高い雑誌に論文を書くことに重きを置いているため、海外出張はさほど多くはないが、それでも年に少なくとも二回は招待講演に赴いていた。学会が夏休み中に開催される場合には、必ず家族を同伴した。家族同伴の費用は、教授になってからも彼の両親が少々負担をしてくれていた。

江島は彼の両親の家から車でおよそ二十分の所に家を構えていた。このため、彼は両親が病気になると、妻に面倒を看させるため、家族を両親の家に移動させて、そこから子供たちを学校に通わせるように指示した。両親が入院すると、彼も仕事の合間にしょっちゅう病院に通った。このため、実業家である彼の父親は、彼が教授になっても多少の経済的援助を惜しまなかった。

経済的に余裕のある江島は、自分の所属する専攻の研究室対抗野球大会の後や修士論文の発表会の後には、学生を自宅に招待して食事を御馳走した。むろん助教授も史樹も招待された。彼の小さな家は人で溢れていた。

彼は野球大会の二週間前になると率先してグランドに学生を引っ張り出し、自らノックの雨を降らせていた。試合では監督でなく選手としてハッスルした。それは助手時代から毎年のことで、五十歳になっても同じであった。打球の速さは学生以上で、時には三塁へのヘッドスライディングをみせ、学生から喝采の拍手を浴びた。日頃怒鳴られて腹の底で反感を抱いている学生もそのプレーを見ると今までの憤懣を忘れたかのように彼に尊敬の念を抱き、彼の研究に付いていくのであった。史樹も野球大会では江島以上の活躍をして周りの声援を集め、アスヤも熱い視線を送っていたが、史樹はプレーに熱中してそれに全く気づいていない。

一方、前任の教授、奥田は現教授の江島のように研究だけが生き甲斐のような人間でなく、文学書やオーケストラを楽しむなど趣味が多彩であった。スポーツは得意でなかった。奥田は定年近くになると後を託すべく江島に研究指導を出来るだけ譲るようにし、最後の年には、直接指導の学生は博士後期課程を修了する男と史樹だけであった。これは奥田の二人の子供が独立した矢先に妻が脳卒中に倒れ、自分で病院に行って面倒を看ざるを得ない状態であったことにもよる。

不幸なことに妻は彼の懸命の看病にも拘らず半年も経たないうちに他界し、定年の時は独り身であった。ところが、遠方に就職していた子供たちが、当分近くの職場に転勤できそうにないことが判明すると、彼は新しい大学に就職して一年も経たない内に再婚した。

その後妻は、幼馴染みであったそうであるが、運悪く一昨年癌でこの世を去った。彼はこの時、職を辞して看病にあたった。このため、現在は一人で自宅で生活し、時々用ができると外出する程度である。江島は史樹を助手に採用すると、奥田への言付け事が生じた場合、彼に使いをさせるのが常である。

奥田の家の書斎には専門書に混じって、文学書がぎっしりと本箱に収まっていた。江島に比べ必ずしも専門的なレベルは高いとは言い難いが、史樹は色々な話のできる前任の教授が好きであり、江島の言付けを引き受けることを楽しみにしている。

史樹が定年近い奥田の講座を志望したのは、授業中にしばしば文学論や音楽の話等に脱線することに魅力を感じたからである。奥田も史樹を気に入っていた様子で、史樹が修士論文を仕上げる一年前に彼が停年になるにもかかわらず、史樹に対しては直接指導を続けた。

史樹が助手に採用された年の初秋、奥田の宅へ二度目の訪問した際に、奥田は最近自分の凝っている釣りの話や油絵を描く話を、暇をもてあましているような口調で語った。

「年老いてしまったから、昔のように海釣りはもう無理だ。だから出かけるのは電車で三十分ぐらいの河にしているのだ」

「よく釣れますか」

「釣れる日もあるが、釣れない時の方が多い。釣れない時には、油絵の下書き用として周りの風景のデッサンをするんだ」

「釣ってきた魚は自分で料理されるのですか」

「もちろん。家には僕一人しかいないから、朝、昼、晩の三食は全部自分で作っている。だから週に二回は食品の買い出しにスーパーマーケットに行くんだよ」

「自分で食事を作ったり洗濯したりするのは大変ですね」

「それは別にたいしたことでない」

彼は、毎日自分で食事を作ったり洗濯したりすることはそれほど苦にならないらしいが、少し間を置いてから、

「一人で好きなように生活ができるから、本当は気楽に余生を楽しんでいると考えなければならないのだが、残念ながらそういう気にはなれない」

力なく漏らした。史樹には所帯を持った二人の兄が両親の近くで生活しており、老人の孤独について、それまであまり考えたことがなかったので、複雑な心境になった。

奥田は立ち上がると、奥の部屋からアルバムを数冊抱えてきて史樹の前に置いた。それは二人の妻とそれぞれ一緒に米国に行った時のアルバムで、それを次々に捲りながら過去を懐かしむような表情で、

「ここに行ったか」

と盛んに史樹に尋ねてきた。前妻との写真は彼が若き日に留学したものが多く、後妻との写真は学会に連れ添って出かけた時のものがほとんどである。史樹はいちいち相づちを打ってそれに応えた。

史樹がアルバムを見終わると、彼はしみじみと言った。

「月に一度は二人の亡妻のお墓参りを日課としているんだが、最近は早く二人の妻のもとで一緒に暮らしたいと思うようになった」

史樹は「現世では重婚罪に問われますよ」と戯《ふざ》けたかったが、彼の真剣な表情をみると、冗談を言う気にはなれなかった。


史樹は助手に採用されてからも、学生に与えた研究テーマに対して、ここというポイントは自ら実験を率先して行って見せた。学生には、自ら体得した実験テクニックを手本として示しながら習得させることが実力を付けさせる早道であると信じているからである。特に有能な学生にはできるだけ自分の知識を早く修得させて、彼らの独創的展開を期待した。

けれども修士論文が提出され、学生たちが早く帰るようになった三月、閑散とした研究室に一人残り、かつてアスヤと稼働させた装置で実験をしていると、一緒に測定した頃のアスヤの仕草の一つ一つが、四年間の空白を埋めるかのごとく脳裏に甦るようになった。特に、真夏の深夜まで二人で測定をしていた時、ノースリーブのワンピースを着用したアスヤが、パソコンのモニターに映し出されたデータを覗きに側に躰を寄せてきた際に、露わになっていた白い両肩や豊かとはいえないが形のよい胸の膨らみが瞼にちらつくと、何もせずに装置の前で時間の経過を忘れてしまうことすらあった。何ゆえ、アスヤにこれほど魅かれるようになったのか自問自答することも多くなった。恐らくアスヤが離婚したためであり、人妻であった当時のアスヤに無関心でいられたのは、潜在的に愛を感じていても、為す術がなかったことが要因のように思え始めた。しかしこのアスヤへの想いは、定職を得て進むべきテーマを見つけるまで表に現れなかった感情である。

その当時の史樹には、時折みせるアスヤの挑発的とも思える仕草に衝撃を受けはしたものの、アスヤに夫がいることから、その仕草を研究に熱心なあまりモニターの傍に近づき過ぎたためだと捉えていた。けれども、自分が嫌われていればこのようなハプニングは何度も生じないと思った。しかし博士号を取得できずにオーバードクターをしていた時期には、米国に行ったアスヤへの感情は、彼女の論文作成の手伝いに多大な時間を割いたために、冷や飯を食わされたということが表に立っていた。

アスヤがイスラム教徒であることを知ったのは、彼女が留学してきた最初の冬であった。その日は特に冷え込みがきつく、生協食堂で史樹とその仲間たち全員が期せずして、ジャガイモ、タマネギ、それに青菜が入っている豚汁を注文した。アスヤもそれに従った。テーブルについて食事を始めていると、アスヤは、

「おいしい」

と言ってその汁を好んで飲みながら、ご飯と副食を口に運んでいた。

汁の中に入っていた野菜をあらかた食べ終わり、汁が半分以上なくなった時、底から白色をした脂身の肉を箸でつまんで、たどたどしい日本語で尋ねた。

「これは何の肉ですか」

「これは豚汁だから、中に入っているのは豚肉です」

学生の一人が、即座に答えた。アスヤはその当時、日本語がまだ充分話せず、豚肉という単語も判らなかったので、

「豚肉」

と、再び訊き返してきた。すると他の学生が、

「ポーク」

と答えた。その瞬間アスヤの顔色が蒼白になり、慌てて席を立って口を押さえながら食堂の外にあるトイレの方に向かおうとしたが、数歩歩んだだけで、先ほど食べたものを口から全て吐き出した。汁をたくさん飲んでいたので、戻した物は指の間を擦り抜けて、アスヤのスーツとスカートの相当部分を濡らした。史樹はアスヤが女性であることを意識する間もなく、慌てて所持していたハンカチで、スーツの汚れた部分を拭きながら急かした。

「濡れ手ぬぐいとポリ袋を持って来てくれ」

「今取りに行っています」

学生の一人が言った。後輩たちは女性の身体に触れるのに躊躇いがちであったが、その内の一人が、意を決したようにポケットからハンカチを取出し、史樹と共にスカートの汚れをぬぐい取り始めた。史樹は自分の手に付いたぬるぬるする液状の汚れに多少の気持ちの悪さを覚えた。

そのうち、生協食堂の女性従業員が堅く絞った濡れ手ぬぐいを持って来て、ストッキングに付いた汚れを丁寧に拭き取った。多少冷静さを取り戻し、口元を泣きながら拭ったアスヤは、周りの学生や女性従業員を振り切るようにして食堂を出て行った。

アスヤはそれから三日間、研究室には姿を見せなかった。研究室にやって来ても、以前の明るさが消え、落ち込んで誰とも話をしたくない素振りをみせた。史樹は、アスヤが研究室に戻って来た日、たどたどしい英語で謝った。

「あなたがイスラム教徒であることは知らなかった。申し訳ないことをしてしまった」

アスヤはその謝罪に反応せず、黙り込んだまま身動きしなかった。史樹は、そっとしておいた方が良いと思わないでもなかったが、今後のことも考えて、

「しかし、もし知らされていたとしても、イスラム教徒が豚肉を食べないことは知らなかったので、今後、習慣の違いを出来るだけ教えてほしい」

と付け加えた。十日後に控えた入学試験を学生たちは心配したが、アスヤは無事パスした。

アスヤがパスしたので、生協食堂で食事をした仲間たちが揃って中華料理で合格祝いをすることにした。彼らはアスヤが誘いを拒絶しないか心配したが、彼女は誘いに応じた。ポークと答えた学生はメニューを見ながら、注文する料理に豚肉が入っていないか執拗にウエイトレスに尋ねていた。

その日アスヤは機嫌よく皆と祝杯を挙げていた。このため史樹たちは、イスラム教徒が酒を飲むことを禁じられているのを今もって知らない。

史樹が米国から帰還して一年が経過し、新たな研究が軌道に乗り始めると、彼の異国に住むアスヤへの思いは日増しに増幅し始め、職務に支障をきたすようになってきた。頭が散漫として研究が纏まらなくなった。論文を書くのが億劫になってきた。新しいテーマへの取り組みに身が入らず、関連論文を読む気持になれない。たまらず、恋い焦がれる要因を自分自身に問い掛けてみた。その探索は、彼女が才媛であるためなのか、語学に堪能なためなのか、あるいは容姿端麗なためなのか、考えつく諸々の原因を列挙してみても結論がでない。今では、あのアスヤがもどしたものの感触ですら、心地の良い温もりのように思われた。

アスヤへの思いは異常な方向に展開し始めた。彼はしばしば立ち寄る駅前の書店で、週刊誌の中にアスヤに似たエキゾチックな相貌をしたヌードモデルを見つけると、その写真をアパートのコンピュータに取り込んで、時々眺めてはモデルの裸体からアスヤの裸体を連想し、両者を重ね合わせて想像を逞しくするようになった。書店で新たによりアスヤに似たモデルを見つけては、それを取り込み、前のモデルは消去した。一番最近取り込んだ写真は、下着を付けたポーズと何も纏っていないポーズが数ページにわたって掲載されたもので、特に下着を付けたモデルのポーズはアスヤが自分に躰を寄せてきた時のような仕草に思えた。

ある日、彼はそのモデルの顔をかつて研究室の仲間と一緒に撮ったアスヤの顔にすげ替えたいという衝動に取り付かれたが、それはなぜか思い止まった。しかしこのまま時を過ごすと、自分がいびつになっていくという焦燥にかられた。育ってきた環境の違いによる学生時代のちょっとしたハプニングは、今や彼の意識の片隅に追いやられていた。アスヤに再会して話がうまく進めば人生を共に送りたいと考えるようになった。習慣の違いからくる障害に戸惑っていることが全く無意味であるという結論に達したが、アスヤが同意してくれるかどうかと考え始めると、不安が募って自信が持てない。

史樹は救いを求めるように、ある土曜日の午後、研究室を抜けて、用もないのに奥田の宅を訪ねた。彼は現教授の江島からの言付けもないのに史樹が訪ねてきたことを知って晴れやかな気分になった。

奥田は激しい研究を強要する江島の性格を好んではいなかった。助教授時代から煙たい存在でもあった。時には大学院生や助手を怒鳴りつける声が教授室まで届くと、耳を手で押さえることすらあった。

しかし自分の研究を飛躍的に発展させてくれた江島の教授昇進には、体を張った。当時、江島より高年齢の助教授が多く、他の教授たちはポジションの貸し借りを提案したが、停年前の教授の意向がある程度加味されるこの研究科では、日頃自分を主張しない奥田の嘆願を無視するわけにはいかなかった。江島の力量から考えて公募を主張する教授は誰もいなかった。

奥田は、史樹の訪問が煙たい江島の言付けと無関係であることが解ると、彼が自分を慕ってやって来たと判断し、うってかわって上機嫌になった。

「日本での生活に戻って戸惑うことはないかね。アメリカでは土曜日は完全休日なんだろう」

「向こうにいた時も旅行でもしていないかぎり、必要な買い物をした後は研究室で実験をしていましたよ」

「アメリカにそのまま居着く気はなかったのかね」

「助手の席が空いたと聞いて飛んできましたよ。江島先生の下で仕事をするのはしんどいけれども、ファンド（研究基金）を取ることに追い立てられるアメリカの教授になりたいとはさらさら思いませんでしたからね。それに日本人は日本での生活が一番ですよ」

そう言い終わると史樹は急に不安になった。カシュガルまで出かけても、アスヤが生まれ故郷を離れて、再び日本に来てくれるだろうかという思いが去来した。アスヤを口説くのは尋常でないようにも思われた。立場を変えて考えるとますます不安になり、いたたまれなくなってうつむき加減になった。

史樹の心中を推し量るよしもない奥田は、かつて現職の時、講義を屢々脱線して自らの人生論を展開した時と同じような口調で史樹に語りかけ始めた。

「僕は十年以上昔のことになるけど、数回東欧に行ったことがある。競争原理が導入される前にね。激しい競争がないから一部を除いてレベルはお世辞にも高いとは言えない。しかし研究者の多くが職場結婚なので、五時過ぎになると若い研究者などは夫婦で託児所から子供を引き取って親子で一緒に生活を楽しんでいるんだ。実にほほ笑ましかったよ」

「羨ましい生活ですね」

「ところが社会主義体制が崩壊し、市場経済が導入され始めた頃、再びそこに行ってみたんだ。優秀な研究者はこぞってアメリカに行ってしまっているんだ。残された研究者たちも従来のようにゆったりとした生活を送れなくなってしまっていたのだ」

「急に厳しくなってしまったんですね」

「そうだ。優れた看板になる研究者がいないので海外からの訪問者も少なく寂れてしまっていたんだ。本当は厳しい競争が性にあっていないのに、物価も高騰し生活も苦しくなっているから、競って研究成果を上げてアメリカに職を求めようとしている人が多くなっていた」

「アメリカの一人勝ちの傾向が少し出てきていますね。私もアメリカで何人もの東欧出身の研究者に会いましたよ。皆とても優秀でした」

「社会主義体制では、色々な矛盾や抑圧はあったとしても、今振り返ってみると極く普通の働く女性にとっては必ずしも不利な社会ではなかったのかもしれませんね」

「一概に断言できないとしても、大筋としてはあたっているかもしれないな」

「私がアメリカにいる時、文科系の分野については知りませんが、少なくとも自然科学の教授はほとんど男性でした。勿論、女性が極端に少ない場合は、意図的に女性を採用しなければならないような仕組みにはなっていますが。しかしそれでも女子の大学院生の占める割合が半分近いところでも、数の上では限られていますよ」

「恐らく、教官ポストを競い合う時期、女性は出産したり育児に追われたりするから、普通の実力では勝負にならないのじゃないかな」

「そう思いますよ。例えポジションを確保したとしても、若い時期にファンドを取ってきて、すぐにでも研究体制を固めなければ激しい競争に打ち勝てませんからね。完全な男女平等社会では、特別に優れた女性でないと勝負になりませんよ。アシスタントプロフェッサーやアソシエイトプロフェッサーの年齢制限を女性の場合には特別に緩和しないと。しかし完全な男女平等社会では、そんな議論は出てきませんからね」

「同感だ。競争原理が支配する男女完全平等社会では、女性の大量進出は難しいだろうな」

「その点、利潤と効率をある程度無視した社会主義国家の方が、普通の女性には有利かもしれませんね。政治的惨事はさておき」

「僕は中国には何度も行ったことがある。これから開放政策がどんどん進んでいけばどうなるか知らないけれど、今のところ自然科学の分野でも女性の数は半分近いという話だからな」

史樹は対話の進展に興味を覚えていたが、脳裏の片隅にアスヤのことがこびりついている。今日の訪問は、用もない西域に出かけるという誰にも話したくない話を、敬愛するかつての恩師奥田に理屈を付けて話したいためであるが、アスヤをもし連れてくることができれば、江島教授と共に恩師として結婚披露宴に出席してもらいたいからでもある。彼はさりげなく言った。

「でも、女性の社会進出が完全に保証されていても、新疆ウイグル地区では、女性の社会進出には不利なイスラム教が頭をもたげて、独立の機運さえあります」

「欧米のスタンスで、歴史、風土、慣習、宗教の違う社会を推し量ることはむつかしいからね。そう言えば、僕の停年後に新疆ウイグル地区から女性が入学してきたんだってね」

史樹は話がうまい具合に流れてきたことに気をよくした。

「そうですよ。先生が停年されてしばらくして。その女《こ》が入ってきた当時、私はイスラム教徒が豚肉を食べないことを知らなかったので大変でした。食べた物の中に豚肉が入っていたことを知ると、相当ショックを受けたようで、食べた物を全部吐き出して泣き崩れてしまいました。後の対応が大変でした。でもそんなことがあっても、私がイスラムについて知っているのは、豚を食べないことと、女性がベールを被っていることぐらいですが」

「僕は会ったことがないけど、その女性は今どうしているのかね。江島君から電話で一度聞いたことがあるが、君が随分面倒をみてやったんだってね」

「いや、初めのうちだけですよ。よくできる女性でしたから。学位を取って夫とアメリカに行き、その後、新疆に戻ったということを噂で聞いていますが、今どうしているのか知りません」

史樹はアスヤが仲良くしていた中国人の女性留学生から、彼女が現在カシュガルに住んでいることを知っているが、年賀状を出しても返事がないので、これ幸いにととぼけてみせた。

史樹は、話の流れを利用して自分が西域に旅行することを奥田に伝えようとした。

「中国の西域にはロマンを感じ、前から行ってみたいと思っていましたけど、今度の夏休みに行ってみる決心をしました。これからの世界を考えるうえで、重要だと認識しています」

「行ってみるといいな。学会にかこつけて行ける場所でないからな」

「新疆工学院を訪ねてみようと考えています」

「誰か知り合いでもいるのか」

「いません。でも友人を通して招聘状を貰う手筈になっています」

話が進むにつれ、奥田の表情に現役時代の活気が張り始めた。大学を停年してから誰にも話す機会が持てなくなった自分の人生論を、ここぞとばかりに語り出した。

「唐沢、繰り返すが能力のある人間が社会で重んじられ、強い権限を与えられることに俺は異議はない。ただ、重んじられている人間は偶然そういう幸運に恵まれたということに感謝しなければならない。誰も現代社会にマッチする能力を持ち合わせていないような人間に生まれたくて生まれたのではない。ましてや貧困と飢えに怯える環境に生まれたくて生を受けたのではない。何人も、自分たちが地球が非常に安定したいい状態にある時に生存していることに感謝しなければならない。もし太陽が白色矮星化する少し前に人類が地球に現れ今のような文明を築いていたとしたら、どんな思いで日々を過ごすんだ。それより前に来ることが予想されるカンブリア紀のような大量絶滅が近い時期に来るとしたら高度な文化活動を営んでいたとしてもだ」

「太陽の白色矮星化は避けられなくても、もし人類があと数千万年生存し地球を支配していたとするならば、絶滅を回避する方法を考え、絶滅を免れても、あらゆる生命に対して種の向上がはかれるような科学的進歩をもたらしておくことが文化生活を営む人類の責務だと思いますよ」

「いいことを言うじゃないか。学校では宗教学なんて教えるから、人間はおかしくなるんだ。世界中で宗教教育は止めて、小学校のうちから簡単な宇宙の仕組みや地球の歴史を教えれば、地球が宇宙の奇跡に近い幸運児であり、かつ自分たちが宇宙の歴史の中で一番いい時期の地球に生を受けたという有り難みが解ると思うんだ。宗教が必要ならばその次の問題だ。二十一世紀にはその教育の重要性を全ての国の政治家に解って欲しいものだよ」

史樹はこれが奥田の言いたいことだと思った。色々な歴史、風習、風土が複雑に交錯する世界がそんなに単純に動くことがないことぐらい、誰の目からみても明らかである。しかし奥田の話は一考に値する考えであることには同意できる。史樹は年老いても情熱を失わない奥田に微笑みかけて、

「同感ですよ。人類の目標は戦争のない世界の構築ですからね」

と持ち上げるように言った。

「そうか、そう思うか。今日は久しぶりに楽しく過ごせた。唐沢、新疆に行ったら、形骸化しても一応社会主義的構造を保とうとしている社会の中で、女性の社会進出には必ずしも有利とは考えにくいイスラム教の進出にウイグル族の知的女性が見て見ぬふりをしているのか、ある

いは内部では猛烈に反発しているのか、そのことを頭の片隅に置いて行ってこいよ。お前は実際ウイグル族の女性と一緒に研究をしたのだろ」

「そうですね。今日のお話を頭に刻んで行ってきますよ」

「それは有り難いな。帰ってきたら土産話に聴かせてくれ」

「もちろんです」

「ところで、君はその女《こ》に会いに行かないのか。僕は会ったこともないけど、才媛らしいじゃないか。君はその女《こ》が結婚する前に国際結婚を考えなかったのか」

史樹は思いきって、アスヤに会う目的で出かけることを打ち明けようと思ったが、彼女の離婚は単なる噂かもしれないし、かりに離婚していたとしても自分の元にくる保証は何もない。

「今回は予定に入っていません。それに彼女は日本に来る前に結婚していたんですよ」

そう言って、彼は言葉を濁した。

「ぼちぼち家庭を持って落ち着いて研究に打ち込むのがいいぞ。結婚する予定はあるのか」

「今、真剣に考え始めているところです」

「君の両親は何も言わないのか」

「言いますよ。母親は社交的で見合いの相手を探してくれているようですけど。今年は忙しいので、来年は真剣に考えると言ってあります」

「誰か想う女性がいるのか」

「今のところ、いません」

時計を見ると、五時を少々回っていた。史樹は奥田に簡単な挨拶をして外にでた。庭にはアジサイが植えられており、よく開いた大きな花びらが午前中の小雨の滴を蓄えていた。史樹は大きく深呼吸をした。アスヤを話題にできたことに満足感が湧いてきた。彼はそれに浸りながら大通りに出た。


史樹はカシュガルに向かう前に、国家公務員の研修として新疆工学院を訪れ、その後、私事旅行として敦煌へ行くという書類を提出した。これは新疆工学院がアスヤの出身大学であるということの他に、新疆工学院を訪問しないと、ただの私事渡航になってしまうからである。赴任してまもない自分が一週間も休みを取ることは陰の批判の対象となるうえ、カシュガルにアスヤに会いに行くためであるのではないかと、研究室のスタッフ、取り分け教授の江島に覚《さと》られるのを避けたかったためである。

夏休みということで、一週間の休暇届けを申請した時、日曜日すらしばしば研究室に姿を見せる彼の休暇願いに、研究室のスタッフは驚きの念を隠さなかった。

「おい、一週間も休みをとるのか。何のための研修なんだ。研究室をこんなに長く空けるのならもっと早く言ってくれないと困るではないか」

江島は、史樹を教授室に呼び、十年早いとでも言いたげな顔つきで、その訳を訊いた。史樹はその表情を見て多少戸惑いを覚えたが、

「私も来年あたり結婚したいと考えていますので、身軽なうちに憧れのシルクロードに行ってみたいと考えたのです。新疆工学院に行くのは、イスラム圏で女性のほぼ全員が働いているのは新疆自治区だけだと聞いていますので、興味があります。私も結婚すれば共稼ぎがいいのかそれとも妻に家にいてもらったらいいのか真剣に考えなければなりませんから。それに形骸化はされても社会主義体制にある新疆でのイスラム教の躍進は、宗教、環境、歴史的背景が人間の価値観を理解するうえで重要なモデルになると思うんですよ」

と言った。この説明を聞いた江島は、史樹が奥田の思想に気触《かぶれ》ていると思ったのか、多少の苛立ちを覚えたかのように顔をしかめた。江島が奥田の思想を助教授時代に酒の席でくどいほど聞かされていたことは史樹も知っている。江島の表情から察して、今回の旅行が奥田に吹き込まれた発想法の延長にあると考え、不快感を増幅させたに違いないと思った。しかし意外にも、江島は怒りを抑えた表情で問いかけてきた。

「誰かいい女《ひと》でも見つかったのか」

「いや、まだです。現在模索中です。だって先生が結婚した年より早いのも、弟子としてよろ

しくありませんから」

「要らないことを言うな」

研究に没頭し三十歳を越えて結婚した江島は苦笑した。

「しかし君の結婚と今回の旅行は何にも繋がらないじゃないか。まあ、研修にしておくと万一事故が起こっても労務災害で処理できる手があるから、悪くはないがな」

「学会で中国西域に出かけるチャンスは考えにくいので決心しました。それに私は社会主義体制とイスラム教との共存社会には大変興味がありますので」

「じゃあ、今回は大目に見る。元気で行って来い。その代わり帰って来たら日曜なしで頑張るんだな」

「有り難うございます。かつて日本の文化に大きな影響を及ぼした文化に直に触れて来ます」

「新疆工学院はアスヤ君の出身大学ではないのか。そこまで行ってアスヤ君には会いに行かないのか。確か彼女の母親の死後、父親の世話をするため、カシュガルに住んでいるのではなかったのか。年賀状には簡単にそう書いてあったように思ったんだが」

研究と雑用に追い回されている江島は、思い出したように言った。彼は史樹が研究室にいないとそれだけ学生指導や研究成果に支障がでるということへの苛立ちで胸が一杯になっていたので、新疆工学院がアスヤの出身大学であることさえ、思い出せないでいたようだ。しかしいったん思い出すと、自分の気に入りであったアスヤにこっそりと会いに行くのではないかと詮索したかのように含み笑いをした。しかし日頃畏怖されている江島に、アスヤの離婚の噂を話す者などいるはずがなく、彼自身に離婚したという情報は届いているとは考えられない。

しかしアスヤという言葉が江島の口から出て、史樹は狼狽した。

「カシュガルに住んでいるという噂は耳にしていますが、私は年賀状を貰ったこともありませんし、出したこともありません」

そう言って、彼はその場を繕った。

「君とは音信不通なのか。あまり親しくしてはいなかったのか」

その言葉を聞いて、アスヤに想いを寄せていることを江島が勘付いていないと察した史樹は落ち着いた口調で応えた。

「いや、結構親しくしていましたよ。私が先生にアメリカ留学をさせてもらったので、お互いそれ以来音信不通になってしまっただけですよ」

「カシュガルには行かないのだな。行くんだったら何か土産でも言付けて貰いたいのだが」

史樹は急にアスヤへの想いを言いたくなり、声が咽まで出かかったが、見通しのない話であるがゆえに、感情を抑えるように言った。

「もう少し日数があれば会いに行けるのですが」

「おいおい大学院生が多いのに、これ以上私的なことで研究室を空けられると困るよ。君が出かけている間に僕もアメリカに出張するんだから」

そう言って江島は史樹に退室を促し、コーヒーカップに手をやった。彼は史樹がアスヤの住所すら知らないでいると思い込んだのか、アスヤとの思い出話に水を向けてみても無意味であると判断したようである。

史樹は、アスヤと結婚することになれば江島は歓迎してくれるだろうという安堵感を得たが、それは本質的な問題ではないと思った。もし歓迎されなければ、チャンスを見計らって研究室を去る覚悟はできている。念頭にあるのは、もし本当にアスヤが離婚していれば、アスヤが自分の想いを知らずに誰かと再婚してほしくないという考えだけである。彼女を訪ねて自分の想いを率直に述べないと、後悔が生涯付き纏うという結論に達していたからである。

この考えは江島の教育を通して培った史樹の研究姿勢と一致する。彼は「自分は当時同じアイデアを持っていたが、他の研究者にその研究内容を先に実行されてしまった」と弁明する研究者を最も嫌っていた。アスヤが自分について来るか来ないかは彼女の考えにゆだねることにし、まず会いに行くことが現時点でベストであるという思考回路が彼の全てを支配していた。

彼は出発準備は全て整ったという満足感から早速カシュガルに行く準備に取りかかった。不確定要素は大きいが、それを期待に変えようと思い、縁起を担いで区役所に婚姻届の用紙も取りに行った。しかしこの時点においてさえ、イスラムの慣習についての予備知識の習得には、何の関心も持っていなかった。

出発の前日、史樹はワイングラスを片手に、テーブルの上に置いた婚姻届と飛行機の切符を見ながら考え込んだ。米国に留学中、知り合った日本人女性のうちの数人は、日本に帰国したいと言っていた。結婚の対象としても悪くない。恐らく二人の兄の場合のように、両親も素敵な見合い相手を見つけてくれることは間違いない。アスヤよりは無難かもしれない。しかしその常識は、噴き上げてくるアスヤへの激しい情熱の前では色褪せていく。

四年半近い歳月の流れのうち、最初の一年は学位論文の作成に追われ、続く二年間は学位論文の内容とはかけ離れた研究を言葉の違う米国で必死に行わねばならなかった。そして帰国後の一年は新たなテーマに全力投球であった。江島教授といい、彼の友人の米国の教授といい、強者の論理を地でいく研究の鬼であった。史樹のとって四年半近いブランクはほんの半年足らずのタイムスパンのようにしか感じられない。彼はアスヤとの思い出を回想しながら、ボトルが空になるまでグラスを傾けた。

二

史樹が夜遅くカシュガルに到着した前日の午前中に、彼が訪問したウルムチの新疆工学院は、新疆ウイグル自治区では最も大きな工科大学である。ウルムチで一泊したのは、カシュガルに行くための飛行機の乗り継ぎのためであるが、その時間的余裕を利用して工学院を訪問したのは、日本を立つ前からアスヤが以前学んだ教室や実験室を覗いて見たい衝動にかられていたためであるが、表向きは社会主義体制下でのイスラム社会の様相を調査することである。従って、大学の日程表にはここで数日過ごす手はずになっている。

この工学院は当初、地質採鉱を目的にして、五三年に中ソ友好冶金技術学校として設立され、現在までの卒業生の数は二万人を数えている。六二年から工科大学の様式となり、現在は九系四学科から成っている。在学生の数は五千五百人で、そのうち半数が女性で、六百人の教官が指導にあたっている。

道路を隔てて二つに分かれているキャンパスの総面積も二二万平方メートルあり、この大学では、新疆の四三の少数民族の教育に重点が置かれている。このため、教官の約二十パーセントが少数民族である。自治区規定により、本科が五年で専科が四年であるが、漢語が話せると、漢族並に本科は四年、専科は三年となる。

史樹は訪問に先立って、かつてこの工学院でアスヤと同級生であり、現在副教授をしている趙育民からの招聘状を持っていた。これは、門外者が訪問した時にしばしば発生するトラブルを未然に防止するためである。

この工学院に人脈のない史樹は、趙育民を人伝てに紹介してもらい、招待状を手に入れたのは、日本を出発する三週間前である。ただし、趙育民からの招待状をもらうための文面には、シルクロードへの郷愁と、新疆自治区の大学に友人をつくるためであることが述べられているだけで、社会主義体制での女性の地位やアスヤのことには一言も触れていない。一方、趙育民の丁寧な歓迎の意が込められた招待状の中には、あなたの大学で学んだアスヤと自分は工学院での同級生であることが一行ほど記載されていた。

史樹は新疆の工学院の正門前で門衛に趙育民からの招聘状を差し出し、自分が訪問客であることを示そうとした。この時、門の隅に立っていた一人の男が、

「唐沢先生ですか、はじめまして。私が趙です」

と言いながら近寄ってきた。流暢な英語である。

「唐沢です。わざわざ出迎え有り難うございます」

「お疲れですか」

「いいえ、飛行機の都合で北京で一泊し、昨夜ここに着きましたので、強行日程ではありません」

「紡績工学科のスタッフがお待ちしています。あれが紡績工学科の建物です。私の研究室は三階です」

趙育民はキャンパスの中央にある建物を指さした。キャンパスは新学期が始まって帰省してきた学生で活気にあふれていた。目立つのは女子学生の洗練された服装である。彼女らは、袖や襟に伝統的な民族衣装のデザインが織り込まれたスーツやワンピースを着用しており、どの衣装も色彩がカラフルで、日本では結婚式や卒業式の謝恩会にしか見られない光景である。

史樹が通された部屋は、三階の紡績工学科の教官集会室であった。三人のスタッフがテーブ

ルに腰を下ろして待機していた。史樹が入って来ると、三人は立ち上がって、にこやかに握手を求め、それぞれが中国語で自己紹介をすると、それを趙育民が英語で通訳した。年配の一人が教授で若い二人が副教授であるが、彼らは英語が苦手のようである。

「わざわざ、本学院を訪問していただいて有り難うございます。貴大学と私共の学院がこれを機会に友好関係の絆で結ばれることを期待します」

いつも中国の大学人が第一声とする挨拶を年配の教授が切り出すと、趙育民が英訳した。教授が工学院のプロフィールを詳細に紹介し始めた。史樹は趙育民の英訳に耳を傾けるとともに、礼を失しないために、幾つかの質問をして話の調子を合わせていた。

英語でのやり取りにひと呼吸おくため、史樹は窓の外に目をやった。古い建物ばかりが目に付く工学院で隣接する建物は比較的新しい。彼は教授の方を向いて尋ねた。

「あの建物はどの学部の建物ですか」

「計算機工程学科のものです。十年前に建てられました。建設にあたって、香港の邵逸夫氏が財政援助をしてくれました」

「返還前の香港とは友好関係にあったのですね」

「そうです。本学院では新疆の国際化をめざして、国際関係の形成教育に関する授業の全員受講を義務づけている関係で、古くから香港とも交流を持っています」

中国本土の主要都市ならいざ知らず、香港から最も遠くはなれた距離にある新疆で、返還前からすでにこのような交流関係があったことに史樹は驚いた。

話題が学生の数に移った時、アスヤのことが頭にこびりついている史樹は、話題をアスヤのことに向けさせる取っ掛かりとして、

「キャンパスでは随分多くの女性を見かけましたが、男女の比率はどのくらいですか」

と何気なさそうに尋ねると、今まで通訳に専念していた趙育民は、老教授が煙草に火をつけようとしているのを見て、積極的に会話に割りこんできた。

「系によって異なりますが、約半数は女性ですよ。紡績系は六十%以上が女性です」

「じゃあ、教官にも女性が多いんですね」

「これも学科によって異なりますが、紡績系の教官三十名のうち、半数近くが女性ですよ。少数民族の教官は九名のうち、六名が女性です」

趙育民は今度は自分が史樹と英語で話した内容を漢語で他の三人に通訳した。

ゆっくりと煙草を吸っていた老教授は、この話題を待っていたかのように再び話の主役になり、超育民は通訳にまわった。

「私は、十年ほど前、日本の幾つかの大学を訪問させていただく機会に恵まれました。今はどうか知りませんが、どの大学も、ほとんどの教官は男性でした。特に理工系は。しかし我が国

では、理工系の大学でも女性の役割は大きく、それは少数民族を抱える新疆でも例外ではありません」

「日本では、今でも理工系の女性教官が少ないのが実情です。私の知る限り、アメリカでも理工系に関してはほとんどが男性です。その意味で中国は、女性の社会進出が欧米より進んでいると思います」

「日本を訪問するまで中国国内のことしか知りませんでしたので、吃驚《びっくり》しました。日本の大学が男性社会であることは理解できましたが、アメリカも同じですか。理工系は変わらないのですね」

史樹はアスヤのことを引き出す取っ掛かりとして話題にした女性問題が、意外な方向に展開し、奥田と江島教授へのよい土産話ができたと内心にんまりとした。奥田には、イデオロギー崩壊前の東欧における研究所や大学のシステムに類似していることを報告すればいい。彼はもう少し詳しい話を聞きたいと思った。

「女性の場合、子育てや家事のハンディはありませんか」

「中国では男性もほぼ均等に家事と子育てをしますので、女性の負担が大きいのは子供が乳児の時だけです」

「中国の男性は大変ですね。でも遅くまでの研究は厳しくありませんか」

「ここでは一生懸命頑張りますが、五時になると全員が帰宅するので、遅くまで頑張るのは学会前くらいです」

「研究費はどのように集めるのですか」

「国から来ます。少額ですけど。しかし重要な研究の場合は、国に研究費を申請します」

「競争は厳しいですか」

「厳しいですよ。なかなか当たりません」

「女性研究者も同じくらいの確率で獲得していますか」

「詳しいことは知りません」

先ほどの男女間の教官の比率や少数民族の採用割合が事実なら、明らかに欧米とは異なったシステムである。奥田元教授の話との間に大きなギャップはないと史樹は感じとった。彼は世界を席捲し始めた市場経済の論理が、人間のあり方という本質的な問題を忘却しているかのように思えた。


会話がこの工学院出身の女性の活躍にまで発展しても、アスヤの名前が一向に出てこない。史樹は、趙育民がアスヤと同じ研究科の同じ専攻に所属していたことを自分の差出した手紙の宛名から気付いてはいないのではないかという焦燥にかられ始めた。趙育民にしてみれば、なぜ史樹が自分の学生時代、男子学生の羨望の的であったアスヤのことを話題にしないのか不思議に思えた。しかし女子学生の数を尋ねた史樹の誘導質問は、彼にその意図を理解させるにはあまりにも一般的でありすぎた。以前に何か気まずいことでもあったのかと詮索するかのように、趙育民の方から、逆に探りを入れてきた。

「先生は、アスヤという女性を御存知ですか。日本に留学して、確か唐沢先生と同じ研究科で博士号を取得されたと思います。彼女はこの大学の機械学科で学びました」

やっと出てきた言葉である。史樹は安心したような気持ちになったが、感情を殺すような言葉で応えた。

「もちろんよく知っていますよ。彼女と私とは同級生でした。三年半も同じ研究室で一緒に勉強した仲間です」

二人が同じ専攻であっても、研究室も同じであったことを知らなかったらしい趙育民は、驚いた様子で、

「私も本学院で同級生でした。当時紡績学科はなかったので、二人とも機械学科の中で、紡績機械の勉強をしました。彼女はウイグル族と漢族の混血でしたが、漢語の読み書きも普通に出来て、そのうえ大変な秀才でした。彼女は四年で本科を卒業してから修士課程は上海に行きました」

「彼女が日本に来た時、私は博士前期課程に在籍しておりました。そして翌年一緒に博士後期課程に進学しました」

「今、カシュガルに住んでいるのを御存知ですか」

「いや、知りません。彼女は学位をもらってからアメリカに行きました。それから音信不通です」

史樹は惚《とぼ》けた。史樹の言葉を額面通りに受け取ったらしい趙育民は、史樹がアスヤの離婚を知らないでいると信じ込んだようで、彼の表情を覗き込むようにして言った。

「今回の旅行でカシュガルに行かれますか。そこの師範学院に勤めていますよ。勤め先の住所と電話番号なら、今すぐにでも解りますけれど」

「いえ、今回の予定には入っておりません」

史樹は淡々とした表情で応えた。

「それは残念ですね。訪ねられたら、きっと喜ぶと思いますよ」

「この次は是非訪問したいものです。ところで、彼女がこの大学に来たことはありますか」

「カシュガルで就職した当初、一度来ました。でもそれ以降、一度も顔を見せていません」

趙育民は史樹との対話の一部始終を通訳していた。二人の若い副教授は最近赴任してきたばかりで、アスヤについては何も知らないようであった。老教授の方はアスヤをよく知っている様子で、趙育民の説明を訊くたびに頷く素振りをみせた。

史樹はここまで話が進展してくると、急に大胆になり、「ここに来た記念に、彼女の学んだ実験室を見せていただけませんでしょうか」と言い出しそうになったが、今回の訪問の目的を覚られまいとして、

「ウルムチに来た記念に、先生方の研究指導をされるための実験室や実習室を見せていただけませんでしょうか」

と切り出した。

「いいですとも、早速案内しましょう」

史樹は趙育民と並んで部屋を出た。三人の教官も同行した。進行方向に向かって廊下の左側は教室になっており、右側は窓になっていた。窓はさほど大きくなく、日光の差し込みが悪い廊下は薄暗くさえ感じられた。

昼休みの教室には、日本では疾うの昔に見かけなくなった木の机や椅子が整然と並べられており、数人の学生が談笑しながら昼食を取っていた。五つ目の教室を過ぎると次の部屋には鍵がかかっていた。彼は持ってきた鍵でドアを開き、史樹を中に案内した。そこは実験室となっていて、幾つかの測定器が並べられていた。

「ここが実験室で、学生実験に使用しています。また卒業のための課題研究にも使用していま

す。なお、大型の高価な装置は全て共同利用となっていて、オペレーターが操作します。共同機器を教官が自分で操作することは許されません」

「不便じゃありませんか」

「でも専門家がデータを出してくれますので」

装置の性能を自分で確かめて、測定データを取っていく史樹には考えられない話である。

趙育民は装置の一つ一つについて説明を始めた。装置は学生実験には使用できても、論文作成のための研究には粗末であった。アスヤが日本に来た当初、数学的な内容には長けていても、実験装置の稼働に慣れるのに時間がかかった理由が史樹には理解できた。

趙育民は部屋の奥に設置されている装置を指さして、

「これがアスヤさんが卒業の課題研究に使用していた引っ張り試験器です」

と言った。史樹はアスヤが使用した装置に手を触れてみたくなり、装置の前に行ってスイッチをオンにし、試料台の上下運動を何回か繰り返してみた。この装置は購入後、少なくとも十数年は経っているはずなのに手入れが行き届いており、試料台の滑りも円滑であった。装置を稼働させることにより、時間の河を遡ってアスヤと一緒に実験したことが日本から遠くはなれたウルムチで懐かしく蘇ってきた。

「アスヤさんはこの装置で繊維や糸の力学試験を行っていたのですか」

「そうです」

「どんな種類の繊維や糸だったのですか」

「そこまで私は知りません」

この装置では繊維（フィラメント糸）の引っ張り強度やヤング率は測定できても、ギアの遊びが無視できそうになく、応力と歪みの関係が線形関係にない布の引っ張り挙動は正確に評価できそうにない。アスヤが修士課程での勉学を上海に移したのはさらに研究がしたかったからであろうと、史樹は推察した。上海でのアスヤは、主に繊維状素材の力学特性の研究や布の熱・水分移動特性の研究を行い、微分方程式の解法に精通していくのである。


四人の教官は史樹をキャンパスの隅々まで案内してくれた。時刻は正午をかなり回っていた。三人は史樹を昼食に誘ったが、彼は次に訪問する所があると言って、丁重に断った。工学院を去るにあたって、彼らは正門まで見送りに来てくれた。太陽は耿然《こうぜん》と天空で輝き、強い光線が地上に降り注いでいた。気温は体温を超えているが、湿度が低く、汗はほとんどかかない。水の補給が充分行き届いているためか、深緑色に生い茂ったポプラの木々が照り返しで眩い白い地面に憩いの影を落としていた。

史樹は新疆訪問の本当の理由を趙育民に打ち明けたい気持ちが一瞬脳裏をよぎったが、口には出てこなかった。彼は上の二人の兄と同じく、中学、高校を男子ばかりの進学校で過ごしたうえ、すぐ上の兄が起こした洒落にもならないトラブルが身に滲みているようで、こと男女間の問題になると及び腰になるタイプである。趙育民は、

「これからどこへ行かれますか」

と尋ねた。史樹は躊躇うことなく、

「敦煌に行きます」

と答えた。これは、趙育民に送った手紙の中で、敦煌の石仏観光を旅行目的の一つにあげていたからである。

「敦煌には行ったことがあります。石仏や壁画が素晴らしいですよ。ところで、飛行機の出発は何時ですか」

「四時です。少し時間がありますので、街を散策してから空港に行きます。日本に来る機会がありましたらお手紙下さい」

「その節は宜しく」

正門を出ようとした時、小さな子供が母親に手を引かれながらよちよち通り過ぎた。それを見つけた趙育民は、史樹に尋ねてきた。

「先生にはあのような年頃の子供さんがいらっしゃいますか」

「僕はまだ独身ですよ。先生は」

「四歳の男の子がいます」

「家庭はにぎやかで、楽しいでしょうね」

「それはそうですけど、腕白で大変ですよ。先生にはこれからという楽しみが待っていますね」

「そうありたいものです。僕もよい歳になりましたから」

そう言い終わると、史樹は四人に一人ずつ握手をし、すぐ近くの楼蘭の美女のミイラで名高い新疆博物館に向かった。カシュガル行きの飛行機の本当の時刻は夜の十時である。

三

アスヤの今日までの人生は必ずしも平坦ではなかったが、その発端は彼女の母親、李宝瑜の数奇な運命とも深い関わりがある。

李宝瑜の夫、劉海良は、上海に定住していたが、一九五八年、建設兵団の生産部隊の一員として李宝瑜と共に新疆自治区にやって来た。建設兵団とは、新疆ウイグル族の反乱軍の鎮圧と国防を目的として入植された漢民族の先兵であり、その後の大都市の人口増加にともなう過剰労働力を吸収する場として兵団人口は増え続けた。特に文化大革命期においては、都市の青少年を強制的に移住させたので、五十年代には新疆の総人口の七パーセント未満あった漢民族は、七十年にはじつに四十パーセントを占めるようになった。

劉海良がウルムチ市についた当時、四川省をはじめとする内陸部からなだれ込んで来た農民が屯しはじめていた。彼らは頭陀袋《ずた》に生活必需品をつめ込み、着のみ着のままであった。移動の原因は、大凶作により、餓死者が出始めたためである。この大凶作は、自然災害に加えて、中央政府の急激な人民公社方式の採用による戸惑いと軋轢が拍車をかけた惨事であった。彼らは凶作が来年から一層ひどくなることを予感し、伏し目で餓死者を見つめながら、新疆の辺地に開墾に従事しうる土地を求めてやってきたのであった。

彼らとは別に、建設兵団の生産部の多くは、ウルムチからさほど遠くなく農業を営むのに充分な降水量が保証される石河子や奎屯に向かったが、劉海良は漢族のほとんどいないカシュガルを希望した。そこは、ウルムチにおかれた新疆生産建設兵団本部の支部にあたる師団である。

上海で中学校の教師をしていた劉海良が辺疆への定住を選択したそもそもの理由は、ある日、彼の兄が国民党であったことが職場内で知れると、彼と同じ職場で事務員をしていた李宝瑜までもが、その日を境に同僚から白い目でみられるようになり、何時しか酷い濡れ衣を着せられるかもしれないという戦慄《おののき》で、二人とも職場での人間不信に陥ったからである。

このような息の詰まるような状況が生じた原因の一つには、同僚の不注意による失敗すら厳しく批判する李宝瑜の性格にあった。共産党党員ではなかったが、中央政府からの通達事項には極めて忠実で、仲間たちの怠惰を許さなかった。このため、職場仲間からは畏怖され煙たがられていた。ところが夫の兄が国民党であったことが発覚すると、急に夫ともども仲間からは冷たい目で見られ、陰湿ないじめに遭うようになった。中央政府の伝達事項に忠実であったのは、一族に国民党がいることを隠すためのカモフラージュであったかのような嫌みを、あからさまに言われることもしばしばであった。これが彼女が亡夫とともに辺境のカシュガルにやってきた大きな理由である。

人間不信に陥っていた二人は、新しい新天地として、漢族の少ない土地での人生の再スタートを決意したのである。

新疆の近代工業は、建設兵団による綿紡工場や鉄鉱工場から火力発電所の建設によって推進されていったが、兵団のほとんどは漢民族で占められていた。カシュガルは天山山脈と崑崙山脈に囲まれたタリム盆地の中央部のタクラマカン砂漠を囲むオアシス都市のうち、最西端に位置し、国境まで約百キロである。

カシュガルは天山山脈の雪解け水が確保でき、他のオアシス都市よりも豊穣の地であるため、古くからバザールが開かれ、東西貿易の一つの拠点であった。水が比較的豊富な所で、昔は「疎勒」とも呼ばれていた。それでも年間の降雨量が四百ミリ以下では、農作物育成のための夏場の水確保は、多少とも地下水の汲み上げに頼らざるを得ない。

当時、新疆の農民はカナートによる地下水の汲み上げの施設を利用していたが、これは人力によるものであった。一方、建設兵団は動力による地下水の汲み上げを開始し、水利施設を整えながら開墾を推し進めていくので、建設兵団による新疆地区の耕地は急に増加しはじめたが、逆に昔から保たれてきた地下水のバランスが崩れ、一般の耕地は荒廃するようになっていった。この現象は、水の少ないオアシス都市において特に深刻であった。このような建設兵団の水支配は、ウイグル族をはじめとする少数民族との溝を深くしていった要因の一つである。

建設兵団の一員であった劉海良は、農作業に多少とも動力を使用するので、少数民族や中国の内陸部から移住してきた漢族より軽いとは言うものの、経験のない労働は、三十歳半ばの彼には過酷なものだった。喘息持ちの彼をさらに苦しめたのは、上海では全く予想だにしなかった砂塵による埃っぽい環境であった。強風が吹く日には、砂塵が目に舞い込んできた。これは、天の配剤の冷酷さに泣かされる砂漠のオアシス都市の宿命である。

劉海良は農作業に疲れた体への砂塵の追い打ちに耐えられず重い気管支炎を誘発し、一年も経たないうちに床に伏せる日が増えていった。夜中は苦しさのため、ほとんど眠れずうつ伏せになっていた。先天的な喘息がもとで患った気管支炎は、民族中医院に通っても効果はなかった。建設兵団の設立した綿紡工場に就労していた李宝瑜が、苦しむ夫のためにできうることは、疲れた体に鞭打って、夜半に背中をさすってやるくらいのことであった。

三年目の冬が過ぎ、春の訪れが漂いはじめた比較的穏やかな日、李宝瑜が帰宅した時、劉海良は咽にたんを詰まらせてすでに息を引きとっていた。死後あまり時間が経っておらず、遺体にはまだ温かみが残っていた。李宝瑜は、その場に居合わせることのできなかった無念さのため、夫の遺体にすがりついて泣き崩れた。

李宝瑜は、異境の地での一人暮らしに不安を感じ、カシュガルを離れることを考えないでもなかったが、当時、中国全土が凶作であったため、中央政府は、農村部から都市部への人口移住を厳しく制限していた。都市部から農村に移住してそんなに時間の経たない彼女にも、移住は容易でなかった。

李宝瑜自身も夫と共に国民党の濡れ衣を着せられることを恐れてやってきた土地を簡単に立ち去る気にはなれずにいた。カシュガルの人々は親切なうえ、新疆自治区は中国全土で凶作を免れた数少ない地域で、食べ物に事欠くことはなかった。

綿紡工場での仕事が板に付いてきたので、工場での待遇も悪くなかった。この地を離れても今以上の生活が営める保証がなかったので、むしろカシュガルに溶け込むよう、工場内ではできるだけウイグル人労働者と懇意になることに心がけ、ウイグル語の上達に専念した。

夫が亡くなって一年が過ぎた六二年、新疆は社会不安の真っただ中にあった。これは六〇年七月下旬の中ソ国境紛争に端を発し、中央の施政に不満を持つ新疆北部の六万人以上の遊牧民が、ソ連側に逃亡した事件であった。この事件は、中央政府のソ連イリ領事館の扇動であるというキャンペーンにもかかわらず、前年まで増え続けた漢族の入植者の数は六二年はマイナスであった。これは漢族が他の地域へと逃避したことによるもので、カシュガルにいた彼女の漢族の友人のうち、何人かは土地を離れて行った。

李宝瑜は、そのような情勢に無頓着な振りをして、前にも増して積極的にウイグル人社会と接触を密にすることに努めた。道行く知人に積極的に声をかけ、自治区が主催する集会にも出来るだけ参加するように心がけた。ウイグルの男たちは、女性が集会に参加することに戸惑いをみせたが、これが漢族との習慣の違いであることを認識すると、かえって美貌の女性と友達になろうとして、近づいてくるようになった。

集会には少数の漢族の女性が時折出席していても、ウイグル族の女性は姿を見せない。このため、集会には女性は李宝瑜だけであることもしばしばであった。そこで彼女は妻を亡くしてまもないウイグル人、アブドラと知りあい恋仲になった。

アブドラは父親、ムヒタルと金物業を営んでおり、自宅から少し離れた所にある小さな工場で製造した鉄串、銅壷や馬の蹄鉄を、工場に隣接した店舗で売りさばいていた。彼には先妻との間に、一歳半になったばかりの一人娘、ヌルグレがいた。金物業はカシュガルを代表する産業で、アブドラ一家の生活水準は、カシュガルでは豊かな方であり、ムヒタルはこの地域の有力者でもあった。

ウイグル族は顔の形は多種多様で、アジア系の顔は主に漢族やチベット人との混血で、ヨーロッパ系の顔は主にトルコ・アーリア系の血を引いている。アブドラの両親は、アーリア系の血を引くウイグル人である。彼の一族は、アーリア系の血を引く人たちの間で結婚を何世代にもわたって繰り返していたようで、アブドラ自身も長身の彫りの深い相貌をしており、李宝瑜にとっても好みのタイプであった。

新疆自治区が四九年に平和解放された当初でも、ウイグル族と漢族との結婚は珍しいケースであったが、頻度はむしろ現在よりも高かった。これは、中国全土を統一した中央政府が、「大漢民族思想」からの脱却を旗印に掲げ、中華思想をもとに少数民族の侮辱の象徴とも言うべき「ケモノへん」や「ムシへん」をつけた地名や呼称に新たな漢字をあてるとともに、地主制の解体を断行し、最貧困階層からの脱却に伴う生活向上の道標を与えたからである。ウルムチが「迪化」から「烏魯木斉」という漢字に変更されたのもこの政策の一環であった。

このような政策は以前の政権にはなかったので、少数民族は中央政府を歓迎した。けれども、中央政府の思惑は、社会主義の建設を推し進めるにあたって災いとなるイスラム教からの大衆の離反がねらいであったので、施行されていく政策は少数民族の伝統と文化を否定する色彩を強めていった。このため、イスラム教の指導者の反抗に呼応した小競り合いが後をたたなくなっていった。

中央政府は「大漢民族思想」の払拭とともに「地方民族主義」の払拭をも打ち出し、新疆ではむしろ後者の方に力点が置かれた。これを受けて、新疆自治区党委員会拡大会議は「地方民族主義」克服に関する決議を打ち出し、この方針は新疆における国境衝突を利用して年々強化されていった。

李宝瑜とアブドラが互いの再婚を前提に交際し始めたのは、ウイグル族と漢族との間の感情的対立が増幅されようとしていた時期であった。アブドラの両親は当初、李宝瑜との結婚に大反対であり、親戚も同じ意見であった。一族はアブドラに何人ものウイグルの女性を紹介して、結婚を思い止まるように説得を繰り返したが、李宝瑜に熱を上げてしまった彼には、耳を貸す雰囲気はなかった。李宝瑜の方は、文化や習慣の違いには目を瞑《つぶ》れても、イスラム教の一夫多妻制は許しがたいことであった。

アブドラの年齢から考えて、中共軍の王震と王恩茂がウルムチに進駐してきた四九年に、彼が既に複数の女性と結婚していたとは考えにくかった。アブドラも李宝瑜に、亡妻以外に妻はいないことを何度も力説するとともに、父親ムヒタルの妻は母親アイグルだけであり、家庭は円満であることも強調した。自分の亡妻はもともと体が弱く、一人娘を出産して一年も経ない冬に肺炎を誘発して死亡したことも説明した。

アブドラは、李宝瑜につれなくされると、必死に彼女の後を追いかけた。ウルムチで学校教育を受けたアブドラは、漢語の読み書きにさほど不自由しなかったので、パルダは被らなくなったものの喜怒哀楽の感情を表に出さないウイグルの女性よりも、快活で明朗な李宝瑜の方に強い憧憬の念を抱いたのである。アブドラの両親は結婚に最後まで反対すると、熱してしまった息子に「地方民族主義」のレッテルが貼られ、人民警察に売り渡されるのではないかという危惧を抱くようになった。そこで両親は、アブドラに李宝瑜を家に招待して積極的に交流することを勧めた。生まれ育った環境や習慣からくる相互の違和感を、結婚前にできるだけ払拭しておきたかったからである。

しかしこのような交際は、カシュガルでは例外中の例外であった。この背景には多少の漢語の読み書きができるムヒタルが、建設兵団の幹部と親しい関係にあったことによる。機をみるに敏なムヒタルは、五一年に進駐軍七一綿紡工場が、さらに進駐軍八一鉄鋼工場の建設が着工されて以来、兵団による新疆経済の支配が着々と進みつつあるという情報をつかんでいた。彼は、兵団がカシュガル地域に建設した綿紡工場で働く李宝瑜を一家に迎え入れても、マイナスにはならないと判断した。

アブドラの両親は、李宝瑜がウイグル語が話せ、彼女の行動の中に闊達なわりには親切で物腰の柔らかさを垣間見ることができることに気付くと、少しずつ胸襟を開いて談笑するようになった。李宝瑜は自分が上海育ちで、ウイグル人では知るよしもない揚子江や東シナ海の話をした。大河や大海を写真でしか知らない彼の両親は目を丸くしながら聞き入っていた。しかし、李宝瑜は自分の生い立ちやカシュガルにやってきた理由については一切語らなかった。両親は、李宝瑜がイスラム教に帰依するということを懇願した。この条件はカシュガルでは絶対である。

カシュガルでは漢族の男性とウイグルの女性の結婚は認められず、稀にあるウイグル族の男性と漢族の女性との結婚も、女性がイスラム教に帰依することが前提条件になっている。しかし両民族の習慣や文化の違いから、最後まで添い遂げた例は極めて少ないのが実情である。清朝時代には諍いを避けるため、両者の居住区域を十キロも離し、密かに漢族の居住域に入ったウイグル女性や招き入れた者に厳罰で臨んだとされているが、このことを考えると、カシュガルにおいても古人《いにしえびと》の方が自分たちの愛に忠実であったことが窺い知れる。

李宝瑜は上海を去るとき、社会主義に多少懐疑的になっていたので、イスラム教徒に改宗することに抵抗はしなかった、と言うよりは初めから信ずる宗教がなかったのである。

李宝瑜が結婚を前提としてアブドラ一家を訪問していたころは、互いに遠慮をしていた面があり、双方の違和感による対立が表面化することはなかったが、同居して日が経つにつれて、感情的なしこりが頭をもたげるようになってきた。

アブドラはすでに三十歳を少々超えていたが、一家の実権は、ムヒタルが握っていた。アブドラには行動力があり、聡明な人物であったが、両親の前では、自分の考えを押し殺す傾向にあった。両親のいない所で、李宝瑜は妊娠中の情緒不安のため、ウイグル族の家父長制に縛られたアブドラを強い口調でなじることが、日を追うごとに増えてきた。しかしここで口論することが得策でないと判断した彼は、押し黙ることに終始していた。

アブドラと李宝瑜が結婚して一年半が経過した春、アスヤが誕生した。アスヤとはウイグル語で「アジア」を意味する。ウイグル族の女性の名前の多くは花の名にちなんで名付けられる慣習があり、アブドラの母アイグルの名の由来は月の花であり、長女ヌルグレの名前は明るいきらびやかな花と言う含みがある。一族の伝統としてアブドラの両親は花のイメージとは無関係な名前を孫娘に付けることに大反対をしたが、李宝瑜が譲る気配を示さないうえ、アブドラもその問題に触れたがらないので、あきらめ気味にそのトーンを下げてしまった。彼女が、強い調子で主張を通そうとしたのは、わが子をウイグル族の女性という枠にとらわれないスケールの大きな女性に育てようと決意したことと、ウイグル族にアスヤという名の女性がいることを知っていたからである。

李宝瑜はすでにウイグル語をかなり流暢に話せるようになっていた。読み書きは出来なかったが、これは職場では漢語が通用し、まるで親しみのないウイグル語の読み書きを積極的に学ぼうという気にはなれなかったからである。物心のついてきた先妻の子ヌルグレにも、夫や両親のいない所では漢語で話しかけるように努めた。これは、自分が漢語の方がはるかに話しやすいということもあるが、文化大革命による都市の青少年の強制移住により、新疆自治区での漢族が急激に増加したため、近い将来、新疆自治区における漢族と少数民族との比率が逆転すると考えたからである。実際、アスヤが四歳になった六九年には、実に二六七万人が入植され、その後十年間はほぼ同数の強制入植があった。

西域におけるカシュガルでも漢族は増え、李宝瑜が移住してきた当初、ほとんど見かけなかった漢族が、街の随所で見受けられるようになった。

李宝瑜は結婚しても職場を離れることがなく、アスヤと先妻の子ヌルグレの面倒はもっぱらアブドラの母アイグルの役目であった。ムヒタル一家は、商売人のわりには必ずしも熱心なイスラム教徒ではなく、ムヒタルとアブドラは夕食時に酒をたしなむのが常であった。それでも二人は、仕事が多忙な時は一日五回のお祈りは省いても、金曜日には必ず近くのエイティガール寺院での礼拝は欠かしたことはなかった。

ムヒタルの家系は、解放前はちょっとした地主であったため、家の造りは一般民家にくらべて大きい。ムヒタルは一族の中心人物で、地方に出た親戚の誰かがカシュガルに一時帰省すると、親戚一同を招待して宴会をしばしば設けた。その時、料理をこしらえてもてなすのがアイグルと李宝瑜である。

宴会はいつも一階の絨毯が敷きつめられた部屋の中央に白い布を敷いて食べ物や飲み物を置き、その周りを一族が車座になって取り囲んで行われた。李宝瑜は宴会が始まると立ち上がるのが面倒になるので、予め白い布の上に出来るだけ多くの食べ物や飲み物を並べて置くようにした。熱いうちに食べるのが美味しいシシカバブは、宴会が始まるとすぐに大盛りの皿に入れて運んでおくことにしていた。このため、この一家の宴会での最初の食べ物はいつもシシカバブである。

李宝瑜は親戚のウイグル女性とは異なって、男性の前で酒を飲むことをはばからなかった。宴が盛り上がってくると、彼女はその日の主客に仕事の内容や住んでいる場所の環境や生活状態を訊いて見聞を広めようとした。

ある日、宴がたけなわになり、白布の上に果物がなくなっているの気付いたアブドラが、

「果物はないか」

と少し酔っていた李宝瑜に尋ねた。

「台所に残りがあるので、欲しければ自分で持ってきたら」

と邪魔臭そうに言った。この時、親戚のウイグル人たちは一瞬自分の耳を疑った。驚いたアイグルはアブドラを制するように、台所に行って果物を持ってきた。

宴会が終って、皆が二階に上り、台所がアイグルと李宝瑜の二人だけになると、比較的物静かなアイグルが、突然、

「夫に物を取りに行かせるとは、どのような神経をしているのですか」

と激しく抗議した。李宝瑜は少し苛立って言った。

「自分が食べたいなら、自分でとりに行けばよいことでしょう」

「それは女性の役目です。親戚一同に恥をかかさないでください」

「その考えはこの地方の誤った習慣です。この国は男女同権ではないのですか」

「誤った考えはあなたの方です。アブドラは一生懸命働いているので、日頃から疲れているのです」

「それは私も同じです。同じように給料をもらっているのです」

「それはそうですけど、もう少しウイグル族へ嫁いで来たことを考えて下さい」

「お話を聞いていると、ほろ酔い気分が覚めて不愉快になりますから、お話を続けるのは止めましょう」

李宝瑜は決めつけるような口調でそう言うと、その日はそれ以上一切アイグルと口を訊くことなく、後片付けを済ますとせっせと二階に上がって行った。

李宝瑜は小さい頃から男女同権の社会で育ち、カシュガルでも職場は男女同権である。とりわけ彼女は活発な女性で、職場でもリーダーシップを発揮する反面、長幼の区別に少々無頓着なところがあり、年配者との衝突をたびたび引き起こしていた。けれども、感情を表に出すが、性格は淡泊な方である。一方、アイグルの方は穏やかな性格で、どのような事態においても、諍いごとが熾烈にならないよう自重するので、その分ストレスが溜まる一方であった。

漢族との習慣の違いを熟知しているアブドラは、妻と両親の確執を見て見ぬふりをした。これは二人の娘の将来を妻に託している以上、家庭の崩壊だけは避けなければならないと考えていたからである。それに漢族の友人の妻と自分の妻である李宝瑜を比較すると、遥かに自分の妻に包容力があり、かつ聡明であると思っていた。彼は人民公社で働く漢族の友人から、「華中・華南地方の女は強く、取り分け上海女は手に負えない」と聞かされていた。

アブドラは、ウイグル社会に理解を示してくれ、ヌルグレにも実の子供のように接してくれる李宝瑜に内心感謝をしていた。けれどもムヒタルは、少数民族を抑圧する建設兵団の一員を一家の構成員にしてしまったことに後悔し始め、このままでは一族の恥になるので、李宝瑜に「ウイグル族の習慣に従えないなら、この家から出て行ってほしい」と言い渡したい気持ちがつのっていた。しかし、文化大革命の嵐が助長されていくさなか、それもままならないとあきらめの境地に至るのが常であった。

アブドラの母アイグルは家計のやり繰りや二人の子供の世話をするかたわら、自分の知る範囲でコーランを少しずつ教えることも日課としていた。特に先妻の子供ヌルグレには、アスヤを膝の上であやしながら熱心にコーランの教えを読んで聞かせるとともに、ウイグル語の読み書きを習得させることにも情熱を注いでいた。

しかし新疆の少数民族には、すでに厄介な問題が持ち上がっていた。アスヤが生まれる前年の六四年の十月には、ウイグル語とカザック語の新文字化が行政命令でなされていたのである。これはウイグル語の字体をすべて漢語の当て字に書き換えるもので、文字の消滅を通して伝統文化の段階的根絶と漢民族化をねらったものである。また一方で、イスラム教徒に養豚を推奨する政策も打ち出された。

ウイグル語の会話ができても読み書きのできない李宝瑜にとって、この政策はありがたいことではあったが、アブドラや彼の両親にとっては屈辱的なことである。漢字の読み書きが得意でないアブドラの両親にとっては、日常生活を送るうえで不都合きわまりなかった。アブドラにとっては漢族との商売という点では当初やりやすい面もあった。しかし造反有理を旗印に利潤追求を排撃した文化大革命の波が、次のステップとして新疆にも押し寄せてくると、日常業務にも著しい支障をきたすようになり、漢族に対する反撥を強めていたが、家庭を支えてくれる李宝瑜と大きな衝突をすることは避けていた。

アイグルは行政命令が出されて以来、ヌルグレにはウイグル語の読み書きを教えることを李宝瑜のいる前では遠慮がちになったが、彼女が職場にいる間は、以前にもまして真剣に取り組みだした。

生まれたばかりのアスヤもアイグルと一緒にいる時間が長いため、自然にウイグル語の読み書きが身に付いていった。しかしアイグルは、李宝瑜が帰宅すると二人の姉妹をなるべく李宝瑜と一緒にいる時間を長く持てるように計らって、自分は距離を置くことに努めた。勝ち気な李宝瑜とは接触を少なくしたいという気持ちの他に、李宝瑜に分け隔てなく二人の孫に母としての愛情を注いでもらいたいと願ったからである。けれども、自分と同じ碧眼と栗毛の髪を持つヌルグレまでもが漢語での読み書きしかできない女性になりはしないかと考えると耐えられない心境になった。やり場のないやり切れなさを漢族である李宝瑜にぶつけたい衝動にかられることが度重なってはいたが、そのつど無念さを腹にしまい込んでいた。

しかしこのアイグルの姿勢によって、二人の姉妹は漢語とウイグル語の両方の読み書きができるようになり、高等教育を受けるうえで有利な将来が展開していくのである。けれども、ヌルグレとアスヤの二人の姉妹が順調な成長を遂げて行く過程で、一家は家庭崩壊につながる大きな危機を乗り越えていかねばならなかった。

七四年から七五年にかけて、ソ連が少数民族と結んで新疆に攻め入って来るという噂がまことしやかに囁かれていた。建設兵団のうち、入植して日の浅い職員は先を争って内地への移住を希望した。カシュガルでも、かなりの数の建設兵団の職員が、内地へ帰還した。李宝瑜の職場でも帰還を急ぐ者が跡を絶たなかった。

アブドラの両親も、劉震司令官が兵団職員の帰還を認め、そのための支度金を支給しているとの噂を耳にしていた。アブドラや李宝瑜もむろんその噂は本当であると信じていた。アブドラの両親は、この機会にウイグル女性に比べて横柄でイスラム教を内心信じていない李宝瑜に本土に帰還してもらうことが、一族の結束を維持するのに好都合であると考えた。むしろ李宝瑜自身が、アスヤを連れてカシュガルを去って行く機会を狙っているのではないかと詮索していた。

七四年の初秋、李宝瑜が少し早めに帰宅すると、家の中は閑散としていた。彼女が二階に上がると、絨毯を敷いた奥の部屋の片隅で、アスヤが一人机に向かって功課(宿題)をしていた。いつも隣の机で勉強をしているヌルグレの姿もアイグルの姿もない。宿題をするアスヤの手の動作が寂しそうである。李宝瑜は咽が閊《つか》えたような感覚に陥り、しばらくアスヤの手の動きをぼんやりと眺めていた。

「お祖母さんとヌルグレはどこにいったの」

李宝瑜は自分を落ち着かすようにしながらアスヤに近づいて言った。

「一緒に宿題をしていたら、お祖母さんがやって来て、ヌルグレと一緒に下に降りていったままなの」

「何時降りて行ったの」

「大分前よ」

「それでアスヤは独りで勉強していたの」

「だって、すぐに戻って来ると思ってたから」

アスヤの応えは淡々とした調子であったが、李宝瑜には、それがアスヤの寂しさを覆い隠すための演技のように思えた。

その日、ムヒタルとアブドラは会合があり、帰宅が遅くなる事はあらかじめ知らされている。それにもかかわらず、ヌルグレが中学校から帰るとアイグルが外に連れ出したということである。アスヤを一人にする奇妙な事態はこれで五度目で、しかも全てこの二ヶ月以内の出来事である。確かにアブドラの両親は、ソ連が攻め入ってくるという噂が囁かれ始めると、李宝瑜に対して急によそよそしくなった。アブドラが所用で家を留守にする日には、彼の両親も所用をつくって、時には夜遅くまで帰宅しないことすらあった。

アスヤを見つめていると、李宝瑜は急に悲しくなり、アスヤの側に腰を下ろして抱きしめ、一緒に散歩に出かけようと言った。李宝瑜は途中、露店で大きなブドウの房を選んで買い与えると、人民公園の方へ歩いて行った。ここにはカシュガルの文化施設が造られ始め、市民の憩いの場所となろうとしていた。

広い道路には、ロバや自転車に混じってバスや車が通行し始めていた。通りには社会主義建設に向けての横断幕や標語が氾濫していた。しかし文化大革命の嵐も終焉に近づき、街は活気を取り戻しつつあった。昔から尚武の精神には薄く、バザールによる交易で生計をたててきたカシュガル市民は、中央政府の厳しい締めつけにも正面切っての抵抗はせず、できるだけ恭順の意を示しながらバザール立国の温存に努めてきていた。

人民公園の中には、柔らかい日ざしが降り注いでいた。公園の至る所で色とりどりの夏花が最後の一時を惜しむように咲き乱れ、緑の木々との間に色彩豊かなコントラストを形成していた。アスヤはブドウを食べながらにこやかな微笑を浮かべていた。李宝瑜は、アスヤと二人だけで時間を過ごすことを、先妻の子供ヌルグレへの配慮のため、極力避けてきていた。彼女は自分の娘と二人だけでいる満足感とアイグルへの怒りの両方が神経の谷間を往来するのを覚えた。

木立が途切れた前方に花壇が現れ、その周りにはベンチが数台並べられていた。ほとんどが空席であるのに、花壇の前の夏草の上に腰を下ろしている年配の女性と若い娘の姿があった。李宝瑜はそれがアイグルとヌルグレであることに気づくと生つばを飲み込んだ。慌ててアスヤの手を牽いて大きなポプラの幹に身をひそめた。アイグルは目の前の深紅のバラの花に目線をやり、ヌルグレは時々自分の足下の夏草の生えていない地面に木の小片で形の定まらない絵を描いていた。

アスヤはアイグルとヌルグレの存在にまだ気付いていない。この時、李宝瑜の脳裏を過ったのは、アイグルが本土帰還のための支度金を、自分が建設兵団を通して受け取っていると誤解していることへの不快感であった。アブドラが不在の日、彼の両親がきまって不在を装ったり、時にはヌルグレまで連れ出していたのは、自分に所持品を纏めて家を飛び出しやすくするための準備を与えるためだったという読みが彼女の心を複雑にした。これが抑圧という歴史の負の産物によるものだと考えた。ウイグル社会に浸漬し、その立場からの思考が可能な李宝瑜ならではの発想である。ベンチに腰を下ろさず夏草の上に座るのはアイグルの年代のウイグル人の習慣であるが、それを知らない李宝瑜には、その姿がよけいに哀れに映った。けれども、彼女の行動には許しがたい怒りを覚えた。

アスヤを連れてアブドラとの離別に踏み切る決意を固めようとした時、今まで俯いていたヌルグレがふと顔を上げ、横を向いた。その時、ヌルグレは木の幹からはみ出した李宝瑜とアスヤの姿を見つけた。

「アスヤ」

ヌルグレは驚いた様子で立ち上がり、こちらに向かって走ってきた。アスヤもそれに気付くと、李宝瑜の手を振り払ってヌルグレの方へ駆け寄って行った。小学生のアスヤは、なぜいつも自分を大切にしてくれるアイグルが、自分を置いてヌルグレとこの場にやって来たのか分からなかった。

中学生のヌルグレには、その真相は判らないまでも、ウイグル族の友達の多くが漢族を嫌っていることから類推して、自分の継母が漢族であるので、祖父と祖母との間に深い溝のあることは常々実感していた。自分の母親の面影は欠片としてすら残存していないが、自分が生まれた時に一家で撮影した写真をアイグルから渡されて、産みの母親が誰であるのかを教えられていた。ヌルグレ自身によく似た容姿をしており、時には実母に育てられている友達を羨ましく思うこともあった。しかし容姿は似ていなくとも、アスヤと分け隔てなく愛情を注いでくれる李宝瑜を継母であると意識することは日常生活においてほとんどない。自分が我が儘を言って叱られた時も、多少の反抗はしても、時間の経過とともにそれが反省へと転化するのである。これはアスヤの心境と同じである。

ヌルグレは安堵したような表情を浮かべ、状況を繕うようにアスヤの手を牽いて、

「こっちへおいで。きれいな花が咲いてるよ。トンボも飛んでるよ。一緒に捕ろうよ」

と言った。アスヤは「ウン」と大きく頷いて、ヌルグレに付いて行った。二人の子供が、繋いだ手を大きく上下に振って駆けて行く様子を見守っていた李宝瑜は、さきほどのヌルグレの安堵したような表情と思慮深さを思い浮かべると、燃え上がっていた怒りが急に沈静化していくのを覚えた。ヌルグレとアスヤは、被っていた帽子で、花壇に植えられた木に泊まったトンボを捕まえようと花壇の周りを駆け巡り始めた。


しばらく時間をおいて、李宝瑜が花壇の方へ歩んで行くと、立ち上がってその様子を見ていたアイグルもばつが悪そうに李宝瑜の方に歩んできた。お互いが歩み寄ると、李宝瑜は自分の感情を押し殺して、

「アスヤが一人で宿題をしていましたので、気晴らしにやってきました。お母さんが誘った時、アスヤは小さいので、昼寝をしていたのでしょうが、これからは、起こしてでも誘ってやって下さい。小さい子が一人留守番していると物騒ですから」

と切り出した。これがアイグルに対する精いっぱいの言葉である。アイグルは当惑した表情を

隠しきれず、慌てて頷きながら、顔を下に向けた。アイグルは李宝瑜が一家からの離別を念頭にいれていないことを悟ると、頭の中が真っ白になった。

李宝瑜は、かつて上海で亡夫と同じ中学校で事務員をしていた頃の苦い経験を踏まえて、相手の決定的な過ちは、見逃してやるのが自分の存在価値を高める最も有効な手段であることを経験的に身に付けていた。

「私たちも花壇の方へ行ってみましょうよ」

李宝瑜は、アイグルの背中を少し押して促した。

「ヌルグレとアスヤは本当に仲の良い姉妹ですね」

「この公園にも、色々な娯楽施設の建設が進みつつありますね」

「あと少しすると肌寒くなりそうですね。そのころは紅葉も綺麗でしょうね」

李宝瑜に色々話しかけられてもアイグルは俯きかげんに頷くだけで、会話は一方通行である。アイグルはヌルグレだけを誘い出した時のアスヤの怪訝な表情を思いだすと、アスヤもまた息子アブドラの娘であることを改めて再認識したかのように、そっと目頭を押さえた。

トンボ取りを終えた二人の姉妹は、花壇の近くの草の上に腰を降ろしていた。アスヤは手に持っていたトンボを放すと、食べかけのブドウをヌルグレにも差し出し、一緒に食べながら談笑していた。二人ともお腹の減る時刻である。木々の間から見える西の空が赤く染まり、夜の帳が忍び寄る気配が辺りに漂いはじめた。

「さあ、もう遅いから一緒に帰りましょう」

「もっとここにいたい」

アスヤは久しぶりの公園で、もっと遊んでいたい素振りをした。李宝瑜はヌルグレに同意を求めるように、

「日も暮れてきたので、早く帰って食事にしましょう」

と言った。ヌルグレがアスヤに一言囁くと、アスヤも、

「お腹がすいた」

と言って同意した。ヌルグレは、始終アスヤをいたわるような仕草を見せていた。この日、アイグルと花壇の前でどのような会話が交わされたのか、ヌルグレはアスヤに今もって語っていない。

帰り道、李宝瑜は今度の日曜日に、子供たちと一緒にバザールに行くことをアイグルに提案した。自分の行動の真相を覚られていないと信じ込んだかのように、アイグルはほっとした表情を浮かべて頷いた。彼女は今までにない口数の多さで、李宝瑜に語りかけてきた。自分が小さい時には、公園付近は何もない閑散とした広っぱであったことを皮切りに、色々な世間話や自分が若かったころの思い出も話し始めた。李宝瑜が嫁いできて、初めてのことである。李宝

瑜はいちいち頷いてみせた。李宝瑜は、アスヤ一人しか産まれなかったことに対して、アイグルがアブドラとの夫婦仲を疑っている面を感じ取っていたので、これが杞憂であることを認識させようとして、にこやかな表情を絶やさなかった。アイグルは会話を重ねるたびに、安心したような穏やかな表情になっていった。

李宝瑜は彼女の表情と言葉の端々から、すでに何度かあった今日のような事態は、アブドラに内緒でムヒタルとアイグルが仕組んだシナリオであることを確信した。


その日の遅い夕食時、李宝瑜は何事もなかったように振る舞った。

「アスヤ、今日の公園でのトンボ取りは楽しかった」

「とっても楽しかった」

「皆で公園に行ったのも久しぶりだしねえ。お祖母さんも大分歩いたので疲れたでしょう」

「そうね、もう歳だから」

と言って、きまり悪そうに苦笑いを浮かべるアイグルを横目で眺めながら、李宝瑜はヌルグレに、

「ヌルグレも再来年は高校受験ね。それから新疆大学まで進んで、皆のリーダーにならなくっちゃ」

と言って微笑みかけた。李宝瑜はヌルグレには一家の手伝いをほとんどさせずに、勉学に励むよう仕向けていた。カシュガルでは手に入りにくい受験用の参考書を、ウルムチの友人を通して買い与えていた。彼女のおかげでカシュガル一中の漢族のクラスで高い内容の授業を履修し、自分の学力に自信を持つヌルグレは、目を輝かしながら、

「私、頑張る」

と頷きながら応えた。今日のアイグルの行動を前もって知らされているムヒタルは、脅えとも驚きともつかないような戸惑いの表情を浮かべて終始無言であった。李宝瑜は誘い水をかけるように、

「お父さんも今度の日曜日に一緒にバザールに出かけてみませんか。子供達の服やそれにお父さんの帽子も新しくしましょうよ」

「じゃあ、家族で出かけてみるか」

ムヒタルはばつの悪さを覆い隠すかのように、元気よく応答した。何も知らされていないアブドラは、今までにない華やいだ雰囲気にニコニコしながら酒を嗜んでいた。李宝瑜は商売上手ではあるが、一家の諍いごとの解決には毒にも薬にもならない夫と生活を伴にしていかなければならないことを再確認した。

李宝瑜は、この日を境に一家における自分の存在価値が急速に高まっていくことを確信した。

事実、中央政府の少数民族に対する政策転換により、七六年に新文字の使用が廃止され、八十年に宗教に対する信仰の自由が保証されるようになると、カシュガルにおける漢族の立場が息苦しくなっていったが、李宝瑜の一家における発言力は揺るぎのないものであった。

その夜李宝瑜は、皆が寝静まると一人外に出た。ポプラ並木の大通りに人影はなく初秋の夜風は心地よかった。灯影が乾いた路面に弱々しく映しだされていた。李宝瑜は気持ち良さそうに大きく深呼吸をして、気分転換のためゆっくりした足取りで大通りを少し歩いてみることにした。しかし最初の交差点を越え、自分の家が見えなくなる所にさしかかると、急にいたたまれなくなり、滂沱と涙を流し再び人民公園の方へと足早に歩いて行った。

翌々年、高校に入学したヌルグレは、その後新疆大学で化学を専攻し、一方アスヤはその四年後、新疆工学院の機械工学科に入学し、それぞれの人生のスタートラインに立った。

四

カシュガルの其尼瓦克賓館の一室で史樹は、蒸し暑さのため目をさました。部屋に備え付けの時計はまもなく八時にならんとしていた。短い睡眠ではあったが、疲れはほぼとれていた。早速、旅の垢を落とすために、バスルームに行ってお湯が出る方の蛇口を捻ると真っ茶色の水が出てきた。慌てて洗面台に取り付けられている蛇口を捻ってみても、同じであった。

米国留学中に各地を旅行した時も、いつもバスのないシャワーだけの安ホテルであったが、お湯は出ないことがあっても真っ茶色の水は初めての経験である。むろんウルムチの安ホテルでも、無色透明なお湯は保証されていた。バスに浸かって旅の埃を充分取ってからアスヤに逢いに行く予定をしていたため、カシュガルでは最高のホテルに宿泊したはずなのに大変な計算違いである。言いようのないショックを受け、そこにしゃがみ込んで真茶色の水の流れを見つめていた。

十分間ほど流しっぱなしにすると、その色はようやく無色透明になり、手を触れてみるとお湯に変わっていた。けれどもバスの底は日頃の清掃が悪いため、茶褐色の水垢が底にこびりついており、お湯を流したぐらいでは取れそうにない。史樹は仕方なく体を沈めるのをやめ、シャワーだけで体を何度も洗った。

朝食を簡単に済ませると、史樹はアスヤが教鞭をとっている師範学院に向かうため、フロントでその道筋を尋ねた。接客係の女性は少々英語ができ、簡単な地図を書いてくれた。仕事が始まる十時までにはまだ充分な時間があり、タクシーを依頼する必要もない。史樹は書いてもらった地図を頼りに、ゆっくりと街を見物しながら歩いて行くことにした。

カシュガルという地名は、艶やかな陶芸という意味や色とりどりの家が並んでいるという意味に由来するらしいと史樹は聞いていた。しかし目に入ってくるのは、日干し煉瓦の粗末な家と、点在する建てられてまだ日が浅いコンクリートの小さなビルである。大通りには、ロバに荷車を引かせて野菜や果物を運搬している光景に混じって、時折絨毯や織物を満載した小型トラックがバザールの方へ向かっていた。

ポプラの街路樹で仕切られた歩道側には所々に食堂があり、野外に設置されたテーブルで朝食を済ます人たちで賑わっていた。史樹はそこを縫うようにして歩いて行った。空には綿を引き裂いたような雲が浮かんでいた。

快晴にもかかわらず、空気中を漂う砂塵のため、何となく薄靄がかかっているかに見える。そのうえ空気が乾燥しているので、車が走ると道路を薄く覆っている砂塵が舞い上がり、衛生状態は劣悪である。けれども、食事をしている人たちがさほど気に留めている様子はない。

史樹は二年前、学会でピッツパーグに出向いた際、道を誤って迷い込んだゲットーでの人々の暮らしよりも貧困であると感じた。けれどもカシュガルの人々の表情は、そこで垣間見たような社会への怒りとあきらめが鬱積した空ろな目つきではなく、のんびりと生活を楽しんでいるように感じられた。

地図を見ながら大通りから外れた路地を歩いて行くと、川の辺に出た。水量が少なく、川床の大部分は露出し、雑草が生い茂っていた。橋を渡ってしばらく歩くと、広い敷地につきあたり、そこがカシュガル師範学院のキャンパスであることはすぐに判断がついた。

この師範学院は、主にカシュガル地区を含む新疆自治区の中学、高校の教員を養成するための教育機関で、四年制であるが、卒業しても学士号は取得できない。このため、この学院への入学競争率はさほど高くないというのがホテルのフロントの話であったが、それでもカシュガルでは唯一の高等教育機関であることには違いない。

昨日の新疆工学院の場合と異なって、史樹は前触れもなくやって来たため、招待状は持ち合わせていない。招待状がなければ中に入ることは難しいかもしれない。正門には門衛がいた。門衛は厳しい顔付きをした男である。授業開始時刻がせまっているので、学生たちが次々とやって来た。彼らは身分証明書を提示することもなく、次々とキャンパスの中に入って行った。半数が女性で、その大半が民族衣装を纏い、小さな帽子を頭に載せていた。民族服のデザインのカラフルさと洗練さは、新疆工学院以上である。

史樹が学生の流れにまかせて中に入ろうかどうか躊躇っていた時、門衛は突然その流れを中断させ、一人の男に身分証明書の提示を求めた。その男は身分証明書を持ち合わせておらず、慌てて訪問の理由を説明して、訪問者名簿に記帳した。その一部始終を凝視していた史樹であるが、その会話がウイグル語であるか漢語であるかは判別できなかった。

検問が避けられないことを悟ると、史樹は意を決したように門をくぐり、門衛に、

「ヤヒシムスズ(今日は)、マン、ヤポン、デンキャルデム、イスミム、カラサワ(私は日本からきた唐沢という者です)」

と言った。たどたどしいウイグル語に驚いた様子の門衛は、

「ニマ、ウーチュン、ブヤルガ、キャルディニズ(あなたはなぜここに来たのですか)」

と詰問した。門衛の言葉が早口で理解できない史樹は、自分の話すウイグル語が相手に通じたのか不安であったが、度胸を決め込み、

「アスヤ、オコティコチ、ビラン、コリシマキチ（アスヤ先生にお目にかかりたいのです）」

と答えると、要求もされないのに、訪問者名簿に自分の名前を漢字で記載し、

「ムアリムニン、オイ、カヤルダ（先生のお部屋はどこですか）」

と尋ねた。門衛は手前の三階建てのビルの二階を指さして、

「アヴビナニン、イッキンチ、カヴィティダ（あの建物の二階です）」

と少しスローテンポで応えた。史樹は長居はまずいと考え、さっさとその建物の方へ歩いて行った。


清掃の行き届いたキャンパスの中央には、旗を掲揚するポールがあり、それをとり囲むように四隅に学舎が建てられていた。またキャンパスのさらに奥の方には、各地からやって来た学生のための宿舎があり、窓に干されている衣類から判断して、左側が女子寮で右側が男子寮のようである。

史樹は門衛がさきほど指さした建物の二階を歩いていた。授業が始まったばかりで、中は静かである。廊下には誰も歩いていない。彼はアスヤがどの部屋にいるのか、授業中かどうかも

判らない。とりあえずその階の端から端まで歩いてみたが、どのドアにも教官の名札が懸かっていない。仕方なく、今度は今来た廊下を再び引き返して、各部屋をノックしてアスヤの居場所をつきとめようとした。その矢先、一番奥のドアが開いた。最初に階段を上ってきたところにあった部屋である。水色のスーツを着用した少し長身の女性がゆっくりと近づいてきた。スカートの丈は少々短い。アスヤらしい。史樹は一瞬体がこわばるのを覚えた。唾を飲み込んで自分を落ち着かせ、彼女の方へ歩み寄って行った。首にネッカチーフを捲いたアスヤの顔が確認できると、

「アスヤさん」

と声をかけた。史樹は、突然の訪問にアスヤがびっくりするだろうと思ったが、彼女の方はびっくりした表情も見せず、むしろ笑いをかみ殺すように、

「史樹」

と言って、小走りに駆け寄ってきた。彼はアスヤから、日本では二人だけでする討論に熱が入ってきた時、時たま「史樹」と呼ばれることはあっても、普通は姓で「唐沢さん」と呼ばれていた。このため、急に名前で呼ばれたのに驚いた。ウイグル人社会では姓がないので、三年半以上も前にウイグル社会に復帰したアスヤは、以前の習慣に戻っていた。

「久しぶりね。随分長く会っていないわねえ」

「元気そうだね。年賀ハガキを出しても返事をくれないので忘れられたのかと思っていた」

アスヤはそれには応えずに、史樹の左腕を軽くつかんで微笑んだ。

「尋ねて来てくれてありがとう。とにかく私の部屋に行きましょう」

アスヤの話によると、その部屋は同僚の教官と三人で使用しているらしいが、二人は講義に行って不在とのことであった。

「まあ、ここに掛けて」

アスヤは自分の机の横に予備の椅子を運んできて、史樹に腰を掛けるように言うと、研究室の戸棚から二本のコーラの缶を取り出し、二つのコップに移し始めた。史樹は何も話しかけずに彼女の均整のとれた後ろ姿を見つめていた。アスヤの水色のスーツは、彼女が日本に留学中、初夏の学会に着用してきたもので、「よく似合いますね」と言ったスーツのうちの一つである。もう一つは紫紺であった。

「水色のスーツのアスヤに会えるなんてラッキーだな」

「覚えていてくれたの」

「もちろん。夏の学会に着てきたことを」

「有り難う」

アスヤはにこりと微笑んで、両手に持って来たコップを机の上に置いた。

「咽が乾いたでしょう。日本のように、研究室に冷蔵庫がないから、我慢して」

と言いながら、コップの一つを差し出して、

「研究室は変わりない。江島先生をはじめ、皆さん頑張っておられるの」

と、かつて学んだ研究室での生活を懐かしむように尋ねた。

「皆元気で頑張っているよ。昨年、大型の科研費が当たって、新しい電子顕微鏡の購入に立ち会ったから大変だった」

「学生指導の方も大変」

「以前に比べると学生の基礎学問に対する勉学意欲は薄れているけれど、まあ相対的に実験の方はよくやっていると思うよ」

「こちらの学生さんはどう」

「師範学校なので研究に打ち込めるような設備はないのよ。しかし中には、良くできる学生もいて上海や北京で勉強を続けることを勧めるのだけど、ここに入学する時点で彼らの興味は教育者になることなの」

「それは素晴らしいじゃないか。優秀な先生の育成も新疆自治区では重要なんだろう」

「それはそうよ。将来の新疆のために最も重要課題よ」

「職業別の給料格差はあるのかい。アスヤの給料は」

「低い。でもほとんど差はないの。北京や上海では大きな格差が出てきたと聞いているけど」

史樹は奥田との会話を思い出した。この辺境の地では未だ給料格差が小さいとするならば、色々な分野に広く人材が分布しているかもしれないと思えた。ひょっとすると先程の大通りで見たのんびりと生活を楽しんでいる人たちの中にも、機会が与えられていないゆえに目立たないが、力強くこの社会を支えている人たちがいる可能性が高いようも思えた。

アスヤはコーラを一口飲むと尋ねた。

「何時、日本から来たの」

「三日前に。北京とウルムチでそれぞれ一泊して、昨日カシュガルについたのさ」

「ウルムチではどこに行ったの」

アスヤに予期せぬことを尋ねられ、史樹は返事に窮した。まさか新疆工学院を訪ねたとは言えない。慌てた彼は咄嗟に、宿泊したホテルの近くに紅山公園があったことを思い出し、

「紅山公園と新疆博物館に行った。博物館に安置されていた楼蘭の貴婦人のミイラは特に印象的だった」

「他にどこか行った」

「いや、別に。ウルムチの街を少し歩いたぐらいかな。時間が限られていたから」

アスヤは、吹き出しそうになるのを懸命に押さえるかのような表情をしながら尋ねてきた。

「紅山公園では、ロープウエイで頂上まで上がった」

「ああ、いい眺めだった」

そう応えながら、史樹は自分が情けなくなった。行ってもいない紅山公園に行ったと自分をカモフラージュする必要がどこにあるんだろうか。日本からわざわざ西域までやって来たのは、アスヤの気持ちを訊きだして、プロポーズするためなのに、何か空回りしている。この半年間続いているアスヤへの吹き上げるような激しい情熱が、この場においても胸を突き破りそうなまでに燃え上がっている。しかし恥ずかしくて唐突には口に出せない。アスヤがもし「なぜカシュガルにやって来たのか」とストレートに尋ねてくれれば、チャンス到来とばかりに「もし君が現在一人なら、僕と結婚して下さいとお願いするためにやって来た」と自分の想いをストレートに述べることができたに違いない。彼は自分を慰めるように、心の中でそう呟いた。

アスヤの日本語は、日本を去って歳月を経ているのに、以前よりも上手になっていた。

「日本にいた頃より、日本語が上手になっているのでびっくりしたよ。日本人と変わらないじゃないか」

「時々、日本人観光客のガイドをしているのよ。中国は日本と違って、夏休みは本当の夏休みなの。特にここは師範学院だから。日本は夏休みでも若手教官と大学院生は夜遅くまで頑張るでしょう」

「昨夜、ホテルで、数人の日本人観光客と会ったよ。日本人観光客は多い」

「多いのよ。日本人相手のガイドが足りないのよ。たいていの観光客はカシュガルを経由してカラクリ湖やタシュクルカンに行くのよ。景色が素晴らしいところだから。史樹もそこへ行く予定」

「いや、僕はシルクロードにあこがれ、君の住んでる街に来てみたかっただけのことさ」

史樹は今しがた再会したばかりでも、ここで自分の想いを思い切って述べるべきだと判断し、言葉を選択をして一気に口説こうと考えたが、その矢先にアスヤが立ち上がって、

「じゃあ私が街を案内するわ」

「有り難う。でも授業の方は」

「幸い今日はないのよ。でもちょっとだけここで待ってて」

そう言って、アスヤは部屋を出て行った。アスヤが部屋を出ると、史樹の方は、もしアスヤに離婚の後遺症が残っているなら、新たな気持ちにさせるのにどのような手を打つべきか思案し始めたが、なかなか良い考えが纏まらない。

史樹が自分の不甲斐なさに自戒の念を抱いている間にアスヤは事務室の方に向かって階段を

降りていた。アスヤの方は昨晩すでに趙育民から史樹が新疆工学院にやって来たという電話を受けていた。史樹をだしにして久しぶりにアスヤと話してみたかった趙育民が、用事もないアスヤに電話をかけるには、史樹の訪問はまたとない機会であったからだ。

趙育民は史樹から招聘状を求められた時、アスヤのことが記載されていないのに訝しく思った。しかし史樹が実際に訪問してきた際に、カシュガルではなく敦煌に行くと言ったので、それを信じ込んで、アスヤにも史樹がそちらには行く予定がないと言った。アスヤの方も、史樹がウルムチまで来たのに自分に何の連絡もないのは、彼からの年賀状に返事を書かなかったので、自分の存在が彼の眼中から消え失せてしまったのではなかろうかという失望感にかられた。

しかし話が進むにつれて、アスヤは趙育民の説明に矛盾を感じ始めた。彼の話では、自分がカシュガルに住んでいることを史樹が知らないと言ったらしいし、自分が学生時代に使用した引っ張り試験器を稼働したということである。これはひょっとすると自分に会いに来ることをわざわざ隠すための史樹のカモフラージュではないかという期待感を抱いた。このため、アスヤは早朝に学院にやって来て、もし日本人が自分を訪ねて来たら、ここに留めるよう門衛に頼んでおいた。けれども史樹が片言のウイグル語で話しかけたので、門衛は居場所を指さして教えたのである。

アスヤが先ほど廊下で史樹と出くわしたのは、史樹の来訪を期待して門の近くにいる人の顔が識別できる場所に行って、彼を待機するためであった。さきほど差し出したコーラは、史樹がコーラが好きなことを思いだして今朝早くマーケットで購入したものである。アスヤ自身は日頃コーラを飲まないので、研究室には置いていない。もちろん、史樹がお気に入りの水色のスーツも、彼が訪ねてくることを期待して着用したからで、普段は民族服である。

「ウルムチではどこに行ったの」と尋ねた時、新疆工学院とは言わず、白々しく紅山公園と応えた史樹の顔を思い浮かべながら事務室に向かうアスヤが何度も吹き出しそうになっているのを、部屋に残った史樹は知る由もない。むろんアスヤが席を外したのは、今日の午後と明日、明後日の授業を全て休講にすることを事務室に届けに行くためであり、授業がないのは嘘であることにも彼は気付いていない。史樹は、彼女が三日間の休講届を提出して再び部屋に戻ると、誘われるままに外に出た。

学院を出て少し歩くと大通りに出た。自転車やロバの荷車に混じってバスやオート三輪車が走っていた。騒音並の音を出すエンジンからは濃青紫の排気ガスが勢いよく吹き出されていた。アスヤは手を挙げて走っていたオート三輪車を止め、史樹に乗るように勧めた。座席は油と埃で汚れており、二人掛けがやっとのスペースである。窓はむろん無く、大気中の砂塵と排気ガスを胸に吸い込んでいるようで、史樹は不快感をもよおしたが、アスヤの方はとりわけ気に留めている様子はない。

アスヤはまず午前中にほぼ終わるバザールに出かけようと言いだした。西域の西の門カシュガルはシルクロード交易の基点であったことから、バザールは二千年以上の昔から盛んで、アスヤの父アブドラの製造した金物の一部も商人によってバザールで売りさばかれていた。

バザールの雑踏を前にオート三輪車は停止し、史樹とアスヤはその中へ入って行った。入り口付近には、自転車や品物を運搬してきた荷車に混じって、ロバやラクダが所々に立てられた支柱に繋がれていた。

バザールの規模は、臨時に設けられる日本の野外市場とは比べ物にならないくらい大きく、その盛大さは、スーパーや小規模な百貨店が存在する今日においても衰退の兆しはみられない。客が識別しやすいように、奥の店舗に行くための幾筋もの小道が碁盤の目のようにはり巡らされ、品目別に店舗がかたまっていた。

アスヤの案内で中に入ると、史樹は物珍しそうに左右に目を配った。地産のアトラスシルク、絨毯等の織物製品、民族色豊かな衣類や帽子、獣の皮の防寒着、クルミやアンズ等の果実類、食料品等に加えて民族ナイフや土陶器類も売られていた。ここに来ると揃わない生活必需品はないと思われるくらい品物が豊富であった。

果物類の量は日本ではとうに見かけなくなった天秤計りで測られていた。史樹を見ると、日

本からの観光客であることがすぐに判るらしく、店先で平たい刺繍の施された帽子を被った男たちから、

「安くしておくよ」

と何度も日本語で声を掛けられた。ウイグル族の男たちのほとんどが帽子を被っているのは、もともとターバンで頭を巻く習慣が帽子に置き変わったというのが定説である。

バザールには幾種類かの民族楽器を並べた店舗も数軒あった。月琴と総称される楽器には桑材が使用されていた。月琴にはラバーブ、タンボール、トータル等の種類がある。柄の長さや胴の大きさにそれぞれの特徴があり、音色も少しずつ趣が異なる。これらの月琴は民族舞踏会のバックミュージックに欠かすことができない楽器であるとともに、踊りの合間に時間を設けて独奏が必ず組まれている。史樹は記念にラバーブを購入しようとしたが、アスヤが専門店の方が値段も安く良質であると言うので、その意見に従うことにした。


品物を眺めながら歩いているうちに、人が屯している所に出た。馬や羊の競り市である。そこでは食用にされる羊が毛を刈られていた。毛が刈られると、初老の男が両手で羊を抱え上げた。その男の体つきはきゃしゃなのに大変な力持ちである。

アスヤによると、買い手が羊を抱えて目方を決めるらしいが、不思議なことに秤で得られる

重さと大差がないらしい。その時、競りにかかられる馬が二人の傍を駈けて行ったかと思うとまた戻って来た。どうやら売り主の手綱で短距離間を往復しているようだ。時折馬に二本の前脚を高く上げさせ、買い手に向かってアピールしている。

史樹は近くで馬を見て急に学生時代に帰った気分になった。彼は大学に入学した年とその翌年、二度にわたって北海道の農場にアルバイトに行き、そこで馬に乗る練習を繰り返したことがある。馬が駈けるのを見つめている史樹にアスヤが彼の顔を覗き込むようにして、

「馬に興味がある」

と尋ねた。

「大学に入学した頃にね。もう十五年くらい前のことだけど」

「私も少しぐらいなら乗れないことはない。小さい頃には今のように車が走ってなかったので、物を運ぶのには馬やロバに頼っていたから。しばらく乗っていないので一度乗ってみたいなあ。史樹も乗ってみたい」

「だいぶ前のことだからね。うまく手綱さばきができるかな」

アスヤはそれ以上何も尋ねなかった。人だかりの馬や牛の競り市をぬけて元の大通りに戻り、しばらく歩くと再びバザールの入口にやってきた。そこでは、さきほど乗ったオート三輪車が待機していた。交通の便が悪いので、アスヤが運転手に待機することを依頼していたのである。

史樹はアスヤと充分な時間をとって、ひたすらアスヤへの想いを伝えたいと考えていたが、彼女の方はせっかく西域までやってきた史樹にできるだけ観光名所を案内したいと思っているようだった。アスヤは昼食後、香妃墓を案内すると言った。

五

香妃墓として知られているイスラム寺院の正式な名は「和卓墳《ホージャフン》」と呼ばれ、ホージャ・アパクを中心としたホージャ家五代七十二人の棺が収められている。ホージャ・アパクは正統派イスラム教からは、「神秘主義者」と名づけられた派に属し、「イスラム教の究極は、自己を消滅させることにより、神の中に生きて存続する」という信仰によりどころを求め、信者たちは、一日中体を激しく揺り動かすような熱狂的な祈りに陶酔することによって、自己を消滅させることが可能になると信じている。

アパクはカシュガルでの神権政治を確立する前、一族の内紛に端を発した不遇な流浪の旅を経験しており、その不遇な境遇の中で民衆を掌握するにはカリスマ性の重要性を意識するようになっていた。このため、ほとんど民衆の前に姿を現さず、境内に自分専用の祈りの念経所を確保していた。彼はカシュガルのイスラム教徒の中で、今もって最も尊敬を集めている。

ホージャとは、ペルシャ語で大臣に対する尊敬語であったのが、カシュガル汗アブドル・ラシードが、マホメッドの二十六世の子孫であると称するアハドゥミ・アゼムがやってきた時、ラシードがこの人物を政治に参画させ、ホージャと尊称したことから、この男の子孫に対する固有名詞化が始まったと考えられる。アパクはアゼムの尊孫にあたり、よく知られている香妃はアパクの外孫女にあたるとされているが、バダクシャンのスルタン・シャーに清軍の命で殺されたホージャ兄弟の弟、ホージャ・ジハーンバヌの妃であったという説もある。いずれにせよ、香妃が絶世の美女であるということで、清朝の乾隆帝の元に送られたことだけは史実のようである。

清朝の宮廷において、香妃は乾隆帝の寵愛を拒み、白刃を肌身はなさず持っていたため、息子の身を案じた聖憲皇太后により殺害されたという説や、仲むつまじかったが病死した等の説がある。乾隆帝は香妃の死を悼み、彼女の遺体をカシュガルに送り返した。この時、乾隆帝は百人以上の衛兵や轎夫を付け、その行列はカシュガル到着に三年もかかったという話である。しかし香妃の遺体は腐敗のため、実際はホージャ墳には収められておらず、河北遵化東陵的裕妃園に埋葬されているとのことである。

アスヤは、香妃は乾隆帝と諍いはあっても仲むつまじく生活し、病死したと信じている。そして、その容姿を「乾隆出狩図」に描かれている鎧兜に身を固めて乾隆帝と連れ立って騎馬に乗った女性であったと思い描いている。この絵は、清朝三代の皇帝、康熙、雍正、乾隆に仕えたイタリア人絵師、郎世寧（カスチリョーネ）により描かれたものである。

アスヤにとって香妃がアパクの外孫女であろうが、ジハーンバヌの妃であろうが、それはどうでもよい問題である。香妃は騎馬で砂漠を駆けた健康で闊達な女性であったが、慣れぬ土地に溶け込もうと努力し、その精神的苦労のために襲ってきた病に抵抗力をなくしてしまっていたので急死したと信じ、聖憲皇太后の手にかかったとは考えたくないのである。もしそうであれば、乾隆帝は彼女の遺体をカシュガルに送り返したり、それに同行した兄が漢族と結婚し、その嫂が香妃の遺体とともにカシュガルに赴くことを恐らく乾隆帝が許さなかったというのが彼女の考えである。

アスヤのこの発想は、香妃の運命を上海で肝臓癌におかされて死亡した母、李宝瑜の姿に重ね合わせていることに由来する。彼女にとって異なるのは、香妃がウイグル族で母が漢族であり、多少長生きをしたことだけである。

李宝瑜の体が癌に侵されていることが判ったのは、アスヤが日本での留学を終え、米国に渡って半年もたたない時期であった。彼女が上海にやって来て、そこに腰を落ち着けたのは、アスヤが修士課程を修了し、日本に留学する一ヶ月前であった。彼女はアスヤが米国へ出立するのを助けると言う名目で上海にやって来たが、再びカシュガルに腰を落ち着けることはなく、アブドラに会うために、毎年夏の間二週間ほど滞在するに過ぎなかった。

李宝瑜がカシュガルを離れた数年前、先妻の子ヌルグレは新疆大学の大学院修士課程を修了し、ウルムチ在住の同じ職場のウイグル人と結婚し、女子を出産していた。彼女の結婚式はウイグル族の古式に則って行われた。新郎の家庭はそれほど裕福でなかったので、結婚式は新婦の祖父であるムヒタルを中心として、一族を挙げて盛大におこなわれた。高学歴のヌルグレがカシュガルを離れることはムヒタルやアイグルも認めざるをえなかった。

二人の孫娘の前途に安心したかのように、一年後にムヒタルが、さらにその翌年、アイグルがこの世を去った。二人ともウイグル人としては大変な長寿であった。李宝瑜はアイグルとの別れを特に悲しんだ。二人の性格の違いから、若い時には色々な面で対立したが、本質的には李宝瑜の性格をよく理解してくれ、二人の子がそれぞれ自分たちの望む道を進んでいけるのも、彼女の寛容さのおかげであると感謝していた。

ヌルグレは新疆石油管理局に勤務していた。これは、新疆における最も大きな企業であるが、しかし全ての権限は中央軍事委員会の配下にあり、いわゆる欧米流の企業ではない。石油関連事業は建設兵団と言えども関わることは許されていない。中央政府省庁が管理する中央国有企業の職員の数は、新疆で六割以上を占める少数民族のうち、一割以下である。ここの勤労者の給料は地方国有部門の給料より高く、ヌルグレ夫妻は高所得層に位置づけられる。国有部門の勤労者は広東省や浙江省では五割以下であるが、新疆では八割以上がそれに属する。

生粋のウイグル族であるヌルグレにとっては、学生時代から経済の命脈を抑える中央政府の方針に強い抵抗を覚えており、その憤りは漢民族の血が半分混ざるアスヤとは比較にならない。彼女は大学への入学が許可された翌年の八十年七月、カシュガル地区のヤルカンド県で約三百名の少数民族が武器強奪をおこし人民解放軍と衝突した事件や、翌年に発せられた戒厳令には、少数民族側に立って憤りを感じていた。しかし表立った行動を回避したのは、自分をここまで育ててくれた李宝瑜の立場や自分の将来も考えていたからにほかならない。

特に女性には珍しいホットな性格であるヌルグレに幸いしたのが、八八年五月に新疆大学において、少数民族と漢民族の対立が生じた時に、修士課程を修了し、すでに新疆石油管理局に就職していたことである。

この事件は、大学側が漢族学生と少数民族の学生が同一棟に混住する方針を打ち出した際、漢族学生が豚と言う言葉を使ってウイグル族学生を侮辱したことに対する真相究明を大学当局が曖昧にしたことに端を発し、市民を巻き込む大規模な反中央政府デモに波及した。イスラム教に帰依するヌルグレがもしウルムチに在住していたら、闘争に参加したに違いないと思われるほど、少数民族の憤りは爆発していた。しかし、彼女はその時期カラマイ油田に出張しており、事件の真相や経過を知ることにならなかった。

ヌルグレはアイグルと李宝瑜の影響でアスヤ同様、ウイグル語と漢語の両方が小さい頃から身についていたので、その分、英語の学習に力を注ぐことができ、その力量はアスヤに劣らない。彼女は新疆の石油が中国全体の埋蔵量の約四分の一を占めることに着目し、その開発に米国と日本の資本を導入する方向に積極的であった。彼女はエキゾチックな容貌と卓越した英会話力により、懇意になった米国人技師も多く、彼らの間でも人気者であった。

新疆自治区への中央政府からの補助金が五十パーセント程度を占めるのは、石油、天然ガス開発が関連する産業が大幅赤字であることによるが、ヌルグレはこの要因を、本土の石油・天然ガス精練工場に安価な値段で原料を供給していることにほかならないと考えている。この状況を打開するために、原油の精製を新疆で行い、同時に石油化学工業関連工場を建設して、工業製品として本土に供給すれば、中央政府からの莫大な補助金が不必要となるばかりか、逆に新疆の人口が少ない分、本土よりも豊かになると確信している。しかし少数民族の専門の技術者が育っておらず、石油管理局の重要ポストは全て漢族で占められている以上、それが尋常でないことは、彼女自身も充分に理解している。

ヌルグレは米国人技師の接待ということでホテル・ホリデーインで豪華な食事を取り、時折そこで家族とともに宿泊することも少なくなく、だんだんとカシュガルが遠のいていくことを膚で感じていた。いや、もはやカシュガルでの生活は不可能であるとも思い始めていた。

ムヒタルやアイグルが病気中、ヌルグレは時間が許せば見舞いのためにカシュガルを訪れた。しかし李宝瑜が「両親は老衰であるので、老人の面倒は自分が看るから、仕事を優先させなさい」と言う言葉に感謝しながらホータン地区の澤普油田の開発に関わった。この仕事に携わっている勤労者の大半は漢族であるが、専門知識を深く習得している彼女は、彼らを指導する立場にあり、少数民族としては例外的な専門家として尊ばれていた。このため、ヌルグレは実家を離れても、李宝瑜に感謝と敬意の念を抱いていた。アスヤの方は上海にいたため、祖父母を見舞いに来るほど金銭的な余裕はなく、帰省したのは彼らが危篤状態に陥ってからであった。

李宝瑜は、実子アスヤにはヌルグレと異なり、漢民族の社会の一員として中国に貢献することを期待していた。彼女はアスヤがウイグル社会の家父長制の柵《しがらみ》に捕らわれると、行動範囲が狭くなり、これからの社会の流れに適応できないと判断し、大学院は彼女の故郷上海に行くことを勧めた。

ウイグル族の血が半分混じっているアスヤは、アイグルからコーランの教えを学んでいるので、曲がりなりにもイスラム教徒である。けれども将来技術者としてひとかどの仕事をしたいと考えていた彼女にとって、新疆工学院や新疆大学はあまりに研究設備に乏しく、高度な知識を習得する環境ではないと判断した。彼女は直ちに李宝瑜の考えに賛同した。李宝瑜の意見に老いたアブドラの両親は取り立てて異論を挟むことはしなかった。むろん、アブドラは理解を示した。

アスヤは修士課程を三月に修了すると同時に結婚した。夫、林国棟は一歳年上で広東省出身であった。夫は修士課程を修了後、米国留学を目標にトエフルの試験に備えていた。彼はすでに二回の受験に失敗していた。やむなくパートのつもりで就職した会社では、仕事に熱中する気になれなかった。このため、金のない二人の結婚は上海で簡素に行われた。

漢族でイスラム教に改宗することが念頭にない男と結婚することは、カシュガル地区のウイグル人にとっては御法度であったが、その時すでにムヒタルとアイグルはこの世を去っていた。アスヤから結婚が近い知らせを受け取ったアブドラが反対意見を述べるには、カシュガルと上海はあまりにも距離が離れすぎていた。李宝瑜は二人の結婚には賛成であったが、アブドラの手前、無関心を装っていた。

二人の結婚は、婚姻届けを役所に出しに行ったのが全てで、アブドラと李宝瑜が二人に祝福の言葉をかけたのが、それから二ヶ月後に二人が主催したささやかなパーティーの席であった。この時、林国棟の両親も初めて顔を見せた。しかしパーティーの開催にあたって、アスヤと李宝瑜は純血のウイグル人であるヌルグレが、父、アブドラの心中を察して出席するかどうか迷っているのではないかと考え、複雑な気持ちになっていた。ヌルグレの方も父の出方を窺っていたようで、出席するということをなかなか知らせてこなかった。しかしヌルグレは、アブドラが出席することを確認すると、内心胸を撫で下ろしたかのように、用務で忙しいスケジュールを調整して出席した。このことで、アスヤも李宝瑜もほっとしたが、パーティーが済むとその日のうちにウルムチにとんぼ帰りしてしまった。

アスヤは林国棟から結婚後まもなく、三度目のトエフルの試験にも不合格になったことを知らされて将来に不安を募らせ始めたが、しかし用意周到な彼は、すでにその時日本の大学の教授に、日本の大学推薦の国費留学生として、博士課程（後期）に入学したいという趣旨の手紙を出していた。林国棟が運良く八月半ばに日本の教授から受け入れの公式書類を受け取ることができたので、アスヤは十月に彼とともに日本にやって来たのである。

五十年代の上海しか知らない李宝瑜にとって、上海は見るもの総てが驚異で新鮮であった。彼女とアブドラはアスヤと林国棟が催したささやかなパーティーの後、上海の主だった観光ポイントだけでなく、中ソ対立の後、中国人技術者が自ら完成した長江大橋を南京まで見学に行った。

李宝瑜が若き日に南京を訪れた時、橋はなかった。いま目の前にある橋の上では、おびただしい数の車がひっきりなしに目の前を通り過ぎていく。彼女はアブドラと二人でその感触を一歩一歩確かめるように橋の袂を歩いて渡った。上流か下流かが見分けのつかない長江に、彼女は中国の将来に無限の可能性をみた。アブドラは彼の想像を越える環境に寡黙になりがちであった。

李宝瑜にとって外灘は特に印象深い。これは、彼女のかつて勤務していた中学校から歩いて一時間足らずである。その昔、彼女は中山東路をよく友人と散策した。黄浦江に面して建てられた租界地の建造物はエキゾチックな雰囲気を醸し出していたが、当時の彼女にはそれが植民地としての負の産物としてしか映らず、彼女自身が国家に貢献することにより、中国人自身の手で、中国全土に、それ以上の文化を築く役目の一端を担うことに燃えていた。

しかし自分がカシュガルに移り住んでいる間に、近代的ビルが林立していた。植民地支配の象徴として捉えていた外灘の領事館をはじめとする建造物は、対岸の浦東地域の開発ラッシュとのコントラストにおいて、もはや芸術としての価値を今に伝える歴史的遺物にほかならないように感じられた。

外灘は中国各地からやって来た観光客で賑わっていた。記念写真をとる団体客や手を繋いで歩くカップルの姿も多く見られ、全てが外灘に溶け込んでいるように思われた。上海を去った五八年には考えられなかった光景である。その時、李宝瑜の脳裏にふと職場での忌まわしい思い出が蘇ってきた。先夫、劉海良の兄が国民党であったことが発覚した際の仲間たちのいじめである。しかしあの時前夫と直ちに離婚していれば、自分が上海に留まってこの発展に何らかの貢献をし、発展の一齣一齣を見届けられたような感に一瞬捕らわれた。彼女はカシュガルを知らなければアスヤはこの世に生を受けなかったと思い直し、あわててそれを打ち消すようにアブドラの顔を覗き込んだ。

その日、二人はショッピングや食事を楽しんだ。李宝瑜にとって、南京路の色とりどりの豪華なネオンサインは、かつての上海を知る彼女にとってここが自分の故郷かと目を疑うほどまばゆかった。見学のためにと覗いてみた一流ホテルのレストランは満杯で、ドアの入り口に掲示されていたフルコースのメニューには彼女の一ヶ月分の給料のほぼ半分の値段が付けられていた。目を釘付けにされそうな豪華なロビーは中国人で溢れていた。かつてほとんど貧富の差のなかった社会にも明確な差が浮き彫りにされていた。

ロビーのソファーに腰を降ろすと、彼女は自分が急に金持ちの仲間入りをしたような錯覚に陥った。

「アスヤも上海にいることだし、ここで一緒に職を探して生活してみない」

李宝瑜は隣に座ったアブドラにこう切り出した。

「いや、どうもね。僕は別世界に来たようで、息苦しい。ウルムチでさえ住みたくないのに、上海はとんでもない。お前にとっては故郷でも、僕には見ず知らずの土地だ」

「私がここに住むと言ったら」

アブドラは仰天した。二人で過ごす老後を楽しみにしていた彼には考えもしなかったことのようである。激しい胸の鼓動と咽詰まりを覚えたようなこわ張った表情になった。けれども動揺を隠すように唾を強く飲み込んで、李宝瑜を睨みつけるように言った。

「僕はここでは生活したくない。カシュガル以外の所では住みたくない。第一、友達もいないし。それに会社も小型トラックを置けるほど上向いているし」

李宝瑜はそれ以上何も言わなかったが、この時彼女はたとえアブドラと別居しても、上海に住みたい気持ちにとりつかれていた。

翌日、李宝瑜は友人に会いに行くと言って、アブドラをホテルに残し、内緒で李彩明に会いに行った。彼女は李宝瑜より二つ年上の姉である。彼女は李宝瑜の先夫の兄が国民党であったことが明らかになると、他の四人の兄弟が急によそよそしくなっていく中で、一人親身になって色々な助言をしてくれた。

当時、李彩明は先夫と離婚してでも上海に残ることを勧めてくれた。職場で仲間たちの陰湿ないじめにあい苦しい日々を送っていた李宝瑜自身も、離婚することでそれは解消できると確信しえたが、このような時にこそ、先夫と行動を共にするのが自分の運命《さだめ》であると自分に言い聞かせ、一緒にカシュガルに赴いたのである。その助言の内容はどうあれ、自分の身を案じてくれた姉の気持ちに感謝して、今まで欠かさず手紙のやり取りをして近況を知らせ合ってきていた。

李彩明は夫とともに解放政策と同時に商売をはじめたが、時代の波に乗ってかなり裕福な生活を営んでいた。けれども、李宝瑜の先夫、劉海良が死亡した頃は、自分たち家族が食うや食わずの貧困の中にあり、とても妹の面倒までみることはできない状態にあった。李彩明が上海に呼び戻してやりたいと考えても、なす術がなかったことを李宝瑜に話すと、二人は手を取り合って涙ぐんだ。しかし今回、李宝瑜が上海での再出発を願うと、彼女の夫の友人で上海で紡績工場を営む男に李宝瑜の就職を懇願してくれた。

李宝瑜が李彩明の計らいで再び上海に足を踏み入れたのは、それから四ヶ月後であった。この時彼女は上海での永住を心に決め、カシュガルには戻らない決意をしていた。カシュガルを去るにあたり、長年勤めてきた綿紡工場に退職願を提出した。アブドラには共に上海に行くことを何度も提案したが、慣れぬ習慣や環境に適応する自信のない彼は拒絶した。しかしその言葉を聞いても、李宝瑜はカシュガルに留まる気持ちは全くなかった。

出発の日が近づくにつれ一人暮らしの不安に嘖《さいな》まれるアブドラは強行に反対し始めた。そこで彼女はやむなく、アスヤが日本へ行くので、その手伝いのために暫く上海に滞在すると言った。そこまでつくろう李宝瑜の心情を察したのか、アブドラの方は反対する気力が失せてしまったように黙り込む日が多くなった。妻の故郷上海での目の輝きを思いだすと、反対しても意味がないとあきらめた様子であったが、しかし自分が妻と一緒に上海に移り住むとは決して言い出さなかった。

九月上旬、李宝瑜は大きなバッグに衣類と土産物をつめて早朝家を出た。生活必需品はアスヤの宿舎に自分が到着する数日前につくよう見計らって、すでに郵送していた。アブドラは小型トラックでバス停留所まで見送りに来た。空が白み初めていた。李宝瑜は助手席に座っていた。けれどもその間、二人は会話を交わすことはなかった。ウルムチ行きの始発バスは停車していた。数人の客がすでに乗車していたが、八時の始発にはまだ時間があった。李宝瑜は、

「体に気を付けて。暫くするとまた戻ってくるから」

と言って、彼の顔を見つめた。

「一人の旅だから気をつけてな。アスヤに会ったら元気にしていると言ってくれ」

「有り難う」

李宝瑜はそれ以上言葉が続かなかった。

アブドラにとって、李宝瑜がアスヤの留学の手伝いのために一時的にカシュガルを離れるだけであるとは考えにくいことであった。これが今生の別れになるかもしれないという恐怖心に襲われはしたが、妻が自分から離れていくことはやむを得ないという心境になっていた。あらゆる習慣の違いにそれなりの妥協をしてくれ、子供の成長を見守ってくれた妻を責める気力はなえていた。故郷上海の発展を目の当たりにし、その故郷で生涯を終えることを希望する妻にとって、カシュガルはもはや異郷の地にほかならないと分析していた。今さらここで言い争っても意味がないという悟りから、彼は込み上げてくるものをぐっと抑えていた。

李宝瑜は重苦しい雰囲気を破るように言った。

「では行ってきます」

「上海に着いたら、今までの疲れを充分とって休養すればいいよ」

アブドラは感情を抑えるように、やっとの思いで応えてきた。

「ありがとう。アブドラも元気でね」

「ウルムチに着いたらヌルグレのアパートを訪ねるかい」

「もちろん、ヌルグレの所で二、三日休養を取ってから上海に行くつもりよ」

李宝瑜はそう言い終えると、急に寂しい思いに捕らわれ、流れ出てきた熱いものをハンカチで拭い、夫の顔を見上げた。アブドラの目から、押さえきれずに溢れ出た涙が頬を伝って作業服に滴り落ちていた。彼が涙を拭おうともせず、彼女の顔を凝視すると、李宝瑜の目からも涙が溢れ始めた。

しかし李宝瑜は、この時アブドラとの離別など全く考えていなかった。夫とは別居して、給料が高く砂塵の舞わない上海でお金を稼ぎ、豊かな暮らしをしたいと考えたに過ぎなかった。休暇を取って夫に会うためにカシュガルに戻って、しばしの二人の生活を楽しみたいと考えていた。アブドラが上海に遊びに来たいといえば、飛行切符を送ってやろうとも思っていた。アブドラが上海に住むと決心すれば、一緒に暮らすことを切望していた。現在のカシュガルの給料では、貯めてきた貯金の多くをはたいてアスヤに会いに行くために乗った上海とウルムチ間の往復飛行機が、一生の思い出となるのが関の山であると考えていたからである。

バスの出発が告げられた。アスヤの結婚パーティーに一緒に出席するために乗車した時刻と同じ時刻に発車するバスである。李宝瑜はアブドラに笑みをつくりながら、小さく手を振って乗車したが、アブドラは淡々と一人乗り込む李宝瑜の姿を弱々しく見つめていた。

最後尾の窓側の席に座った李宝瑜は窓から身を乗り出して寂しげに手を振り、アブドラは空ろな目付きでそれに応答した。バスが出発した。李宝瑜はお互いの距離が遠ざかるにつれて手の振りを大きくしたが、彼の姿が確認できなくなると、気持ちを切り替えたようにシートに深く腰を下ろした。しかしアブドラの方は、バスが道路の彼方に消え失せると、今まで培ってきた人生が忽焉と掻き消えた想いに捕らわれたのか、力なくそこにしゃがみ込んでしまった。

李宝瑜はウルムチに着くと、ヌルグレのアパートを訪ねることなく、四十時間以上も乗ったバスを降り、直ちに空港に向かった。チケットはむろん李彩明から送られたもので、ウルムチと上海間の片道切符である。

李宝瑜は上海に着くと、直ちに李彩明の紹介で紡績工場に就職した。この工場は従来の国有企業ではなく、利潤追跡を第一とする私企業的色彩を帯びていた。機械はカシュガルの工場に比べて新しかったが、その機械の一部はカシュガルでもすでに購入されており、彼女はその時、導入に携わっていたので、稼働については慣れたものであった。ここでも、彼女は今までの経験を生かして、生産工程での熱管理や品質管理に関してすぐに頭角を現していった。

李宝瑜はアスヤが一ヶ月後に日本に留学するため、日曜日の夕刻には林国棟とアスヤの夫婦をアパートに招いて一時を過ごした。夫婦が日本に持っていく品々を揃えることにも協力し、昼間はアスヤとともに、安価な品物を求めて買い物に出ることを楽しみとした。また、土曜日の夜には、アスヤ夫婦のアパートを訪ねて、留学のために必要な品物の荷造りも手伝ってやった。

しかしこの頃、李宝瑜は何となく疲労が心持ち蓄積していくような感を覚えた。これは、今まで健康で病を知らない彼女にとって、気のせいであるとしか受け止められなかった。

アスヤ夫妻が日本に出発する前日、李宝瑜は二人のアパートに出かけて、精いっぱいの御馳走をした。彼女は二人のアパートを訪ねる前に、食卓を賑わす買い物をした。上海蟹もメニューにいれた。何時またアスヤと一緒に食事ができるか目処のたたない李宝瑜にとっては寂しい面があったが、二人の目は輝いていた。李宝瑜はこの席に「アブドラがいればよかった」とふと思ったが、上海永住を決意している自分には無理なことぐらい判りきっていた。彼女は、五月に二人で上海にやって来た時、すでに多額の出費をしてしまっていたので、アブドラの飛行機代を捻出するよしもない現実に目を背け、娘との歓談に気分を紛らわそうとした。

色々な思いで話が一段落すると、李宝瑜は、急にアスヤとの別れが寂しくなった。寂しさを紛らわすために酒に口を付ける回数が多くなった李宝瑜を気づかうように、アスヤが言った。

「日本に行ったら、お母さんも遊びに来て下さいね」

「有り難う。チャンスがあればね。でもうまくパスポートやビザが取れるかな」

「私の方で努力するから。できたらお父さんも一緒にさそってね」

「もちろん、その時は。飛行機の切符は私が買ってあげるようにするつもりよ」

「カシュガルだと、一生のうち一度も飛行機に乗らない人がほとんどだから」

アスヤがそう言うと李宝瑜は頷くように微笑んだが、急に自分の体に自信が持てないような不安にかられた。

「最近、何となく体が怠いのよ。お酒の酔いがとみに早くなってね」

「医者に診てもらったら。元気にしててね。三年半もすれば帰って来られるように頑張るから」

アスヤの言葉に夫、林国棟は一瞬動揺の色を隠せないようだった。トエフルの試験に失敗したため米国行きの切符を取得できなかった彼は、日本に留学し博士号を獲得した後、米国に渡って、そこでグリーンカードを取得し、うまくいけば市民権を獲得したいとも考えていた。しかし三年間の上海での生活を通して、米国は中国人にとっては憧れの地ではあっても、イスラム教徒のアスヤにとっては、キリスト教社会である米国は住みづらいのではないかと少々危惧をしていた。むしろ、トエフルの試験に失敗した夫の日本への留学に安堵していた。

李宝瑜は林国棟の表情の曇るのを見て取って、

「帰って中国のために貢献するのは素晴らしいことだけど、自分の力が別の国でより発揮できると考えたなら、帰国する必要はないと思うよ。あなたがたは若いのだから。そこで活躍して中国人としての力量を認めさせれば、それがそのまま中国の誇りになるんだから」

その言葉を聞いて、林国棟は即座に反応した。

「先のことは考えてないけど、でも若い時にはできるだけ海外で色々な知識を収得したいですよ。僕は六人兄弟の末っ子で、両親の面倒は他の兄弟が看てくれそうだから」

「それはいいですね。アスヤを宜しく頼みますよ」

「仲良く頑張っていきたいと考えています」

二人の会話を聞いて、アスヤが俯くのを見た李宝瑜は、彼女が自分との間に大きな溝を感じたのではないかと心が沈みがちになった。林国棟も李宝瑜も漢族であるが、ウイグル族と漢族の血が流れている我が子はイスラム教を基盤とするウイグル社会に育ってきた人間であることを再認識するとともに、明日の出発が娘の幸ある門出となることを祈りたい気持ちになった。


李宝瑜は職場の雰囲気に慣れてくると、新疆の綿花の生産が八十年代から急に伸び始めたことに着目した。この頃、中国の綿花の生産高は四百万トンを境にしての増減であったが、九十年代には二百万トンを境とする増減となった。この低下は、病害虫駆除が農薬への耐性によって薄れたことと、綿花畑の農地への転用である。後者は、食糧難を理由に各省が独自に食糧の獲得を中央政府が義務づけたためである。その代替地として新疆が綿花生産地としての役目を負わされたのである。このため、八五年には全国生産の四分の一を占めていた山東省の生産が九五年には二十パーセント以下に、河南省では十五パーセントから八パーセント以下に低下しているにも拘わらず、新疆では逆に三パーセント強から二十パーセント強まで上昇した。約百万トンの綿花生産量である。

しかし新疆での綿花生産量の四十パーセントは建設兵団に握られていた。この「白経済」の実体が石油と同じ状態におかれていることを見抜いていた李宝瑜は、カシュガルに戻ると、直接安い綿花の購入に着手した。彼女はカシュガルにいたころ懇意にしていた建設兵団の仲間にリベートを渡して市場価格より安く購入することや、人民公社を抜け駆けして、ウイグル族の農民から直接買い付けをすることにより利益を上げる策を巡らしていた。また春先には上海からそれほど遠くない安徽省を訪れ、短期の出稼ぎを希望する働き者の主婦を集め、彼女等を綿花購入先の農家に斡旋し、好評を得るよう心掛けた。これらは、カシュガルに永く在住し、ウイグル語が自由に話せる自分の立場を最大限利用した商談で、片言のウイグル語しか話せない漢族には不可能なことであった。このため、李宝瑜は毎年アブドラに会うためにカシュガルに戻る機会を得たが、経営者側も公私混同と知りながら、遠く離れたカシュガルに社用として長期滞在することを黙認せざるを得なかった。

李宝瑜がカシュガルを離れてから、アブドラは孤独で空虚な日々を送っていたらしく、日々酒の量も増加していた。妻が再び戻ってくることを疑問視していた彼は、離婚も念頭に入れ始めていたが、ヌルグレがしばしば訪ねてくるのと、アスヤの日本からの手紙がそれを躊躇させていた。

李宝瑜が上海に行ってしまうと、ヌルグレは継母である彼女に、今までの敬意の念が吹き飛んでしまうほど激しい憤りを感じ、アブドラにウルムチに来るよう何度も説得していた。しかし彼はそれを頑なに断り、一人でカシュガルで暮らすことに吝かでないと言い張った。ヌルグレの方も、父親の身を案じはしても、職を捨てて夫とともにカシュガルに移り住むことは不可能であることは認識していた。すでに漢族のエリート社会に組み入れられて年月を経ており、その枠組みからもはや離脱する気にはなれなくなっていた。しかし心の深層部ではそれが罪悪のようにも思われ、それを癒すように、彼女は日本から届いたアスヤの手紙を何度も読み返し、自分の生活と継母、李宝瑜の行動に正当性を見つけ出そうと思案にくれていた。

同じ内容の手紙を受けとっていたアブドラの心境も複雑で、妻の上海行きにもやむを得ないと考えられるようになろうと努力していた。もし、納得することが不可能であるなら、彼は今の生活を続けていくことが莫迦らしく、離婚に踏み切る以外に選択肢がなかったからである。

アスヤからの手紙には、日本での生活の他に、日本に留学している中国人の仲間のことが書かれていたが、その中に、中国人の留学生の集いに参加した際、中国に夫を残して単身やって来た女性のことが述べられていた。この場合、妻の方が先に留学をし、その一年か二年後に夫がやって来て、子供は妻の母親に面倒を見てもらうケースが多いと記されていた。上海で三年間過ごしたとはいえ、ウイグル人の習慣が身に付いているアスヤには考えもしなかったことである。

手紙の中には、日本社会では、社命で夫が単身赴任をすることがあっても、妻が家族を離れて単身赴任することは極めて稀であると書かれていた。日本人と中国人は容姿は似ていても、社会通念は異なっており、むしろ容姿や宗教の違いはあっても、ウイグル人社会は日本人社会に近いとも記されていた。研究はスタートしたばかりで、良く似たテーマを研究している男に、親切に面倒を見てもらっていると書かれていた。アスヤは日本人のほとんどが英語を話せないので、日本で生活をするには日本語をマスターする必要にせまられ、日本語の授業を履修したり、日本人との会話に積極的に取り組んでいることを記述して手紙を結んでいた。

アブドラやヌルグレはこの手紙を読み返すことにより、李宝瑜が一人上海に移り住んだことが漢族の一般的な知的女性の当然の行動であるかのような思いがしないでもなかった。特に米国人との付き合いが深く、夫婦同伴を社会規範の前提とする西欧社会のルールが頭にあるヌルグレは、アスヤの手紙を読み返して、二人の子供が結婚するまでカシュガルを離れなかった母を少しずつ容認できるようになっていった。

李宝瑜が最初にカシュガルに戻ったのは、一年後であった。彼女が綿花の買い付けの仕事に託《かこつ》けて一年ぶりにカシュガルに戻ってくるという電話を受けると、アブドラは急に元気を取り戻した。李宝瑜は上海からアブドラへの電話は欠かさなかった。しかし一ヶ月に一度の電話での夫婦の会話では、彼の一人暮らしの寂しさは癒されることがなかったようで、酒の量の増加とともに、仕事にも精彩を欠くようになっていた。けれども彼自身が、取り立てて用事もないのに、妻の声を聴くために通話のかさむ電話をすることはなかったので、家を出た李宝瑜の方が、返って夫の健康状態を気にかけていた。

李宝瑜が一族に配る手土産を抱えて戻って来た。二人には一年ぶりの生活が新鮮にも思えた。一緒にバザールに出かけたり、人民公園を散策したり、映画館にも足を運んだ。アブドラの方は気力が甦ってきたかのように、李宝瑜の綿花の買い付けの手伝いを自分の仕事を差し置いて手伝った。李宝瑜には、彼ができるだけ自分と一緒にいる時間を捻出しようとしようとしていることが膚に伝わってきて、カシュガルを離れたことに罪悪感を感じることすらあった。

李宝瑜はカシュガルの果物の味を再認識したかのように、ブドウ、スイカ、メロン、リンゴ等を食卓に飾った。しかし、目に見えない砂塵と乾いた空気は、一年間の上海生活を送った彼女には耐えられない苦痛となっていた。農村部を歩き回っているうちに、咽の痛みを感じるようになった。二週間の共同生活はアブドラにとっては快適でも、李宝瑜は心の安堵とは別に、はっきりとこの地で臨終を迎えたくないという考えを抱いた。

今回の帰省には、李宝瑜はカシュガルとウルムチ間も飛行機を利用していた。彼女が上海に再び発つ日、空港まで送りに来たアブドラは寂しげで元気がなかった。ロビーのソファーに腰を下ろすと、李宝瑜は笑いながら、

「私がカシュガルに来たんだから、今度はアブドラが上海に来る番だよ」

「必ず行くよ。また一年間、ここで待ち続けるのはいやだからな」

「春節においでよ。会社も休みだから。寒いと言っても上海の方が少しましだから」

「じゃ、そうするよ」

「体に気を付けてね。時々電話をするからね」

「楽しみに待っているよ」

搭乗のアナウンスが流れ、ゲートに向かう搭乗客の列の最後尾に並んだ李宝瑜は、

「今度上海に来たらずっとそのままそこで暮らさない。一人暮らしは寂しいのよ。上海では、妻の給料が高かったり、忙しい仕事についている場合は、妻が中心になって生活費を稼ぎ、夫の

方は家事の方にかなりのウエイトを置く家庭もあるのよ。上海は知っての通り、とても便利で住みやすい所よ。一年間上海で一緒に住むと、あなたも砂塵の舞うカシュガルには帰れなくなるから」

李宝瑜のその言葉を聞いてアブドラは今までの人生の選択が誤りでなかったと思ったのか、急に背筋を伸ばして、

「いや、妻の給料で生活して、自分が家事の方をするなど耐えられないよ」

と言って笑った。

「そう言っても、上海に一年間住めばカシュガルには戻れないって」

「友達もいないところで暮らせるか」

「アブドラは漢語が喋れるから大丈夫よ。友達もすぐにできるから」

「でも僕が行ってしまうと、一族には申し訳がたたないからな。一族が安心して日々を送るためにも、カシュガルにいなければ」

アブドラは父ムヒタルから受け継いだウイグル族の精神と誇りを持ち続け、それを一族に継承したいと考えている男である。それは漢族の妻と再婚したこととは別の次元であった。彼は家庭内において、大抵のことは李宝瑜に波長を合わせるようにしてきたが、対社会においては単に善良な人間というだけでなく、商売上手で、建設兵団の幹部との付き合いも対等であるこ

とに努めてきていた。

ウイグル族のアイデンティティーを仲間に説き続けてきた彼は、自分がカシュガルを去れば一族の結束にひびが入ることを恐れたのである。ウルムチに行ってウイグル族の習慣をそのまま踏襲できるヌルグレ夫婦の世話になることを拒絶したのもこの理由である。

ウルムチのウイグル族は、漢族の影響もあり、家庭内では妻の力が強く、夫は家庭内の諸問題では妻の意に従う傾向にあり、その関係は自分の家庭と類似していることを理解していた。しかし彼は、日中ぶらぶらして稼ぎの少ない夫でも、一家の中で夫の威厳が保たれるのは、イスラム色の強いカシュガルをはじめとする小オアシス都市か農村部に過ぎなくなってきていることも熟知していた。彼はこの種の男たちが、新疆におけるウイグル族のパワーとアイデンティティーを損なわせていると痛切に感じている民族主義者である。しかしそうは言っても、アブドラは李宝瑜の顔を見つめていると、自分の人生の充実感を味わえたが、彼女がゲートの奥に消えると急に気弱になり、また一人暮らしの酒に頼る日々が始まることを実感せざるをえない空しさに取り付かれ、意気消沈せざるをえなかった。

六

アスヤが日本に留学している間、アブドラは春節には決まって上海の李宝瑜のアパートを訪ねた。飛行切符は李宝瑜から送られていた。二人は上海の生活を楽しむだけでなく、その近隣都市、杭州、紹興、蘇州、寧波を旅行した。

アブドラは妻との生活を楽しむため一ヶ月近くも上海に留まった。しかし彼は決して永住を決意することなくカシュガルへと帰って行った。ヌルグレも上海に出張する時は、時間の許すかぎり李宝瑜のアパートを訪ね、そこで宿泊した。すでに完全に漢族社会に溶け込んでいるヌルグレは、李宝瑜の行動に理解を示すようになっていた。

翌年の春節、再びアブドラが上海にやって来た時、アスヤも休暇をとって日本からやって来た。その費用の一部は李宝瑜の援助によるものであった。ヌルグレ夫妻も子供を連れてやって来た。一家揃っての団欒はアスヤが日本に留学していたので久しぶりであった。晩餐会はヌルグレの提案で洋長興羊肉館で催した。ここはイスラム料理を食べさせるレストランで値段も手頃である。羊肉の他に牛肉のシシカバブもあった。久しぶりの再会にカシュガルを思い起こし、皆の胸は熱くなっていた。

「ここの肉あまり臭みがなくっておいしいね。日本では匂いのきつい食事は敬遠されているのよ」

とアスヤが言うと、ヌルグレが、

「牛肉のシシカバブは珍しいでしょう。カシュガルにはないこの店のオリジナルよ。食べ比べてみてよ」

と言った。アブドラは羊串と牛串を交互に食べ比べながら、

「確かにどちらもおいしいが、僕にはやはりカシュガルの味の方がいい」

と言った。李宝瑜はアブドラの顔を横目でチラッと見て、

「そう、でも牛串の方は特においしいと思わない」

と笑った。ヌルグレは久しぶりにアスヤに会えて心が弾んでいるようで、

「ところで日本での生活はどう」

と尋ねてきた。

「日本はどこへ行ってもきれいだけど。それをゆっくり楽しめるだけの時間とお金がないのよ」

「生活は厳しい」

「もちろんよ。国費留学生の夫は毎月十八万ほど貰っているけど。二人で生活するにはつらい金額ね。それに夫は博士号を貰うとアメリカに行きたがって、少しでも貯金したがるの」

「それでは大変ね」

「アルバイトをしているの。日本語ができるようになってからは、日曜日ごとに中国語を教える学校の先生をしているの。それまではレストランで皿洗いなんかしてたの。土曜日は平日と同じように研究しなければならないから体はくたくたよ」

「病気だけはしないでね。ところで子供は」

「とんでもない。夫は欲しそうだけど。子供の世話をしながら学位なんて不可能よ。それに土曜日には、教授が直接実験の指導をすることが多いの。祭日はもちろん原則は休みだけど、ほとんどの人が研究室に出て来ているのよ。教授が平日通りに来て、学生のデータをチェックするんだから」

「そんなの気狂いじみていない。日本の大学人は皆神風特攻隊のような精神なの」

　ヌルグレが驚いたように尋ねた。

「とんでもない。たいていの研究室では、祭日に来る人はほとんどいない。土曜日が休日の研究室も多い。私の指導教授が特別なの。研究の鬼で通っている有名な教授なの」

「学生さんたちは付いていくの」

「癇癪持ちで、学生は怖がっている。日本では野球というスポーツが盛んなんだけど、その野球がすごく上手なのよ。研究室対抗野球大会でのハッスルプレーを見ると怒鳴られて反発していた学生も尊敬の念を抱いてついていくのよ」

「やりきれないわね」

「でも、もう習慣になっている。私とよく似たテーマをやっている大学院生がいるんだけど、その男もすごく野球が上手で親切なの。同級生だけど、私の研究を一生懸命手伝ってくれることもあるの。その男《ひと》も猛烈人間なの」

「その男《ひと》、若いのにおかしいのじゃない」

「とても感じのいい男よ。史樹と言うの。でも女性には興味がないみたい。誰かいい女《ひと》がいるのか知らないけど、私には興味がないみたい」

「変なこといわないで。その男と問題おこさないでね。あなたには夫もいるんだからね」

　ヌルグレが冗談めいた口調で笑いながら言った。

「さあ、どうかしら」

アスヤの意味あり気な対応に、外国に行ってアスヤが変わってしまったのではないかと、皆が心配そうに顔を見合せた。李宝瑜が少々心配したような口調で言った。

「問題おこしても、私たちに困り事を持ってこないでね」

「冗談、冗談」

アスヤは笑いながらそう言って、話を転じた。

「前に手紙に書いたけど、日本にいる女性の中国人留学生には、まず自分が日本に来て、その後夫を呼び寄せている人が多いのよ。中には結婚して三ヶ月も経たないのに夫を残してやって来ている人もいるらしいのよ」

「よく問題にならないわねえ。ウルムチのウイグル女性はカシュガルよりもはるかに強いけど、それでもそんな例は知らない。アスヤの話を聞くと、お母さんが上海に来ても不思議ではないわ」

ヌルグレはそう言ってはっと口を閉ざしてしまった。酒が入って日頃の思いをつい口走ってしまい、団欒の雰囲気を悪くしたのではないかと憚ったようである。アスヤは、ヌルグレが母、李宝瑜を敬愛していても、父アブドラを残して上海にやって来たことに対して胸のどこか突っ掛かりを感じていると察した。

「お母さんは素晴らしいと思うよ。歳をとっても働こうとしているんだから。それにカシュガルと上海をお互いに行き来するのもお互いに新鮮さが増すんじゃない」

アスヤは李宝瑜の気持ちを傷つけないように口を挟んだ。アブドラも、

「お前たちも立派に頑張っているし、少し寂しいけどしかたがないかな。上海の方が仕事に生き甲斐が見いだせるだろうしな」

と李宝瑜をかばった。

「ほとんどの人が年金生活に入りたがるのに、これからまだ働き続けようとするのはいいことよ。上海は給料もいいからお父さんが上海に来れば」

アスヤが言うと、

「とんでもない。親戚も友達もいないところで暮らせるか。ウイグル族の男はそれほど働かなくっても威張っていられるけど、家《うち》ではそうもいかないからな」

アブドラは笑いながら李宝瑜の顔を見たので、ヌルグレもアスヤも吹き出してしまった。ヌルグレの夫は晩餐会の脇役に徹するため、簡単な自己紹介をしただけで、一人娘と会話しながら、シシカバブを串から外して娘の食べるのを手伝っていた。

夕食会が済むとアスヤは両親のいるアパートに行き、ヌルグレの家族はホテルに向かった。彼らはそれぞれ春節の休暇を楽しんだ。特にカシュガルを出て会うことの少なかったアスヤとヌルグレは、その間二人だけで会って色々なよもやま話を楽しんだ。しかしこれが最後の一家揃っ

ての団欒の機会であった。次にアスヤがヌルグレに再会した時、李宝瑜は死の床に臥せっており、アブドラも病の療養中にあった。

アスヤがそれから以降に元気な李宝瑜と対面したのは、米国に出立する一ヶ月前の三月中旬で、一週間ほど彼女のアパートで生活した。この時李宝瑜は体がだるいと言って、一年前ほどの活気は感じられなかったものの、相変わらず多忙のように思えた。アスヤがやってくる二週間前までアブドラが一ヶ月に渡って滞在し、春節にはヌルグレ一家も数日間やって来て、ヌルグレの夫と子供も交えてアスヤの米国行きの話をしていた。アスヤは彼らの滞在を電話で訊いていたが、博士論文の公聴会の準備のため、やって来ることができなかった。

李宝瑜の話では、皆が帰省すると急に寂しくなったのか、夜寝る前に体の調子の悪さをはっきり自覚するようになったということである。彼女は多忙の中でも、土曜と日曜はアスヤと連れ立って南京路での買い物を楽しんだ。アスヤの顔を見ると、今までの疲れが少し癒えたかのように、舗道を歩くリズムが軽やかになった。しかしアパートで夜半に二人でお茶を飲んでいると、額に脂汗をかいていた。アスヤは心配して、

「お母さん、何となくしんどそうだから、病院に行ってみたら」

「たいしたことないよ。前にもカシュガルからやって来たとき、同じような疲れを感じて医者

に診てもらったけど、別にどこも悪くなかった。今度もそのうち良くなるよ」

「今回も病院で診てもらった方が安心するでしょう」

「ではそうしようか。アスヤが日本に行ったら病院に行ってみるよ」

「そうして。心配だから」

「本当は日本での留学が済むと帰国して、上海にある大学で就職してくれると嬉しかったんだけど」

「私も日本で就職したかったんだけど。日本と上海は近いから。それが無理なら上海で就職がしたかった。私の名前もアスヤだし。でも夫がどうしてもアメリカに行きたいと言うのよ。日本は移民の国ではないからって」

「それでは仕方がないわね。若い時期に色々なことを経験することは貴重だし」

「日本に留学してきた中国人はほとんど帰国したがらないで、アメリカ、カナダ、オーストラリア、ニュージーランドに行こうとするの。中にはヨーロッパに住みたいと言う人たちもいるけど」

「私がカシュガルを離れたのも、漢族の持つ本性みたいなものかな」

「きっとそうね。でも私はキリスト教のアメリカに行くのは躊躇するの。私はこれでもイスラム教徒だから。パキスタンやバングラデッシュから来た留学生のように断食をしたり、日に五回のお祈りを日課とすることは昔からやっていないけど」

「色々習慣の違いはあっても、夫婦仲良くやってちょうだいね」

「もちろんよ」

そう言いながらも、アスヤは心の片隅で一抹の不安を抱いていた。しかし、疲れた表情の李宝瑜にそれを語ることはしなかった。

三年半の間、日本で暮らしたアスヤは、カシュガルで定職を探したい思いは全くなかったが、上海には魅力があった。けれども最も望んだのは、林国棟が日本で就職を見つけてくれることであったが、永住権が貰いにくい日本での職探しは、将来に不安を残すと彼は拒絶した。

日本に留学した中国人の多くは、米国行きを羨望の的のようにしていたが、アスヤは敬虔なクリスチャンと友人になることには、相当の覚悟が必要であるように思われた。同じクリスチャンでも、キリスト教の学校の校長が牧師の身でありながら、生徒の大学入試必勝祈願のため、伊勢神宮にお参りしたという、日本人の友達から聞いた話の方が、自分の宗教に対するこだわりを薄めるのに努力が少なくて済むように思えた。史樹を始めとする研究室の仲間たちと、ゼミ旅行や学会の後に訪ねた名所旧跡とされる神社仏閣で、手を合わせる彼らの横に突っ立っていることに不思議と抵抗がなかった。しかし、アスヤはもし彼らが敬虔な仏教徒であれば、自分が境内に入ることさえ拒否したであろうと回想した。

アスヤが上海から日本に出発する日、李宝瑜は職場での大事な会議を休んで、空港まで送って行った。その日、上海は霧雨が降っており、林立するビルが薄靄に煙っていた。李宝瑜はタクシーの座席に腰を下ろすと、アスヤの手に封筒を手渡した。アスヤが開けてみると、百元札が詰まっていた。

「五千元入っているけど、何か有効に使って」

「こんな大金おかあさんから貰えないわ。それに私もアルバイトをしてそれなりのお金は持っているから」

「でも、お金はあるに越したことはないのよ。これがお母さんのささやかなプレゼントだとして受け取って。結婚の時には何もしてやれなかったから。空港でハンドバッグでも買えばいいよ。残ったら、帰国した時にでも使えばいいよ」

「ありがとう」

アスヤはそう言って李宝瑜の手をしっかりと握り締めた。

空港のロビーで昼食をした後、李宝瑜がアスヤを出発ゲートまで見送りにきた。アスヤは免税店でハンドバッグと財布を購入して飛行機に乗り込むため、李宝瑜の方をちらっと振り返っただけで足早にゲートを潜った。しかし李宝瑜はアスヤの姿がゲートの奥に消えた後も、しばらくそこに佇んでいた。彼女は三年半前にカシュガル行きのバスに乗り込む姿を見つめていた夫の心境を痛いほど思い知らされていたが、アスヤがそれを察するには、飛行機の離陸時間があまりに切迫しすぎていた。

アスヤと林国棟はそれから一ヶ月して米国に向かった。彼らはボストンに3DKのアパートを借りた。三つの部屋は、寝室、居間、二人の書斎にあてた。

林国棟はポスドク（博士研究員）の生活に入ったが、アスヤを採用してくれそうな大学は近辺にはなかった。このためもう一度大学院生になることも考えたが、彼女を引き受けてくれる専門分野の近い教授を探すのも一苦労であった。渡米前、日本での研究生活の疲れを癒すため、暫く仕事に就かないことを望んでいたアスヤは、恩師にあたる江島に米国での仕事の斡旋を願い出ておらず、このため専業主婦になる以外、道はなかった。

一方、林国棟が専攻したコンピューターに関する分野には、ボストンでは色々なランクの大学があった。彼の要望に応じて、日本の教授が友人の米国の教授にポスドクに採用されるよう取り計らってくれていた。ここでも彼の用意周到さが功を奏したのである。

暇ができたアスヤは英語学校に通い、より英会話を完全なものにしようとした。もちろん彼女の英会話力でも充分日常会話に不便はしなかったが、中国語、日本語、英語が自由に喋れることを武器に、良い職を得ようと考えたからである。

林国棟の方は米国に来ると、キリスト教の社会に完全に溶け込んで、ポスドクが終わると大学か企業に職を求めたいと考えていた。彼はそれによりグリーンカードの取得を、さらにうまくいけば市民権を獲得したいと思った。その希望は、日本にいた頃より一層強くなっていた。彼は友達を増やすため、米国生まれの中国人とは特に交際を密にし、時間が許せば日曜日には必ず教会に赴いた。日本にいる時には考えられないことであった。暇ができたアスヤは、イスラム教の教義にのっとり、夫に隠れて一日に五回のお祈りをするようになった。

米国社会への理解が進むにつれ、林国棟は、米国の教授にその能力を認めさせ、グリーンカードの取得に有利な大学に職を得たいと考えるようになっていた。このため、日本にいる時には考えられないような緊張感で研究に取り組み始めた。日々にアスヤと距離を置くようになり、自分が仕えている教授の大学院生で、米国生まれの中国人女性と親しくなり始めていた。色々研究上の討論を積み重ねていくうちに、親密さは日増しに増していき、日曜日には一緒に教会に行くようになった。

日本では多忙であったアスヤは、夫の気持ちの理解に欠け、夫の気持ちを傷つけることがままあったことを反省した。米国に来て時間的余裕ができたので、夫とともに日々の生活を楽しもうとした。けれども一方で、イスラム教徒である自分を無視したかのように、にわかキリスト教徒となった夫の教会通いは、不快でならなかった。

日本にいる時、林国棟は中国人留学生の集いに出席する時は、必ずアスヤと歩調を合わせ、夫婦で出席することに努めていた。アスヤが夫の誘いを断るといつも寂しそうな表情を浮かべていた。しかし米国に来て、夫の誘いをアスヤが断ると、彼はむしろ「それは残念だな」と言って生き生きとした様子で外出するようになった。アスヤには自分の拒絶がむしろ夫には好都合であるようにすら思えはじめた。

アスヤはボストンに来てからは、林国棟と夕食を楽しむために、中華街で買い物をして、食卓に中華料理を食卓に並べた。多忙な日本ではめったにしなかったことである。当初それを喜んでいた彼は、三ヶ月を経過すると、アスヤが待っているにもかかわらず、夜遅く帰宅し、アスヤと会話を交わすことなく、さっさと食べ終わると、書斎に引きこもってしまうようになった。アスヤは日本では多忙のために夫の面倒をみてやれなかったことへのささやかな抵抗かと考えていた。

しかしその頃から、林国棟は日曜日に教会に行った後、夜遅くまで帰宅しないようになり始めた。また、平日は帰宅しない日すら出始めた。アスヤが理由を訊いても、研究が忙しいので研究室に泊まり込んでいると言って取り合わない。アスヤは日増しに夫の行動を不審に思うようになってきた。

渡米して五ヶ月が経過すると、林国棟の外泊が一層目立ち始めた。堪え難い気持ちになったアスヤは、夫がアパートを出るのを見計らって、夫の通う教会に行った。晴れた日曜日の朝であった。教会の場所は米国に来た当初に、夫から知らされていた。

古風な格調高い教会の正面は広い駐車場になっていたが、空き場所が見当たらないほど満車状態にあった。彼女は、教会のドアから出てくる人の容姿がなんとか識別できそうな場所に止められていた車の背後に隠れ、お祈りが終わって夫が教会から出てくるのを待ち構えていた。

教会のドアが開いて、お祈りを終えた人たちが次から次へと出てきた。車の背後に身を潜めていると、暫くして東洋人らしい男女が親しげに語りながら、アスヤが身を潜めている車の方にやって来た。夫と若い女性であることが判明すると、その一部始終をかたずを呑んで眺めていた。二人との距離は徐々に接近してきた。気が付いた時には、別の場所に移動しようとしても、身動きがとれなくなっていた。アスヤは唾を飲み込んで、できるだけ車の背後で身を縮めた。

二人はアスヤから十メートル近く離れた所に止められた車の前に立ち止まった。夫の方は運転免許を取得していないので、運転は明らかに女性の方で、目鼻立ちのはっきりした東洋的美人である。前方のドアを開け、中に入る前二人は激しく抱きあって唇を重ねているのが、アスヤには確認できた。身を隠しながら朦朧とする意識の中でその一部始終を見つめていたアスヤは、二人の乗った車が発車するのを夢遊病者のように見送った。

帰宅したアスヤは、疲れ切った様子でソファーに腰を下ろした。アルコールで気持ちを紛らわす気にはなれない。背筋を伸ばしてぼんやりと天井を見ていると、今までの人生が後悔のなにものでもないように思われた。その後悔は新疆工学院を卒業して上海にやって来たところまで遡った。上海にさえ出なければ今の夫と知り合うこともなかったし、米国にまで来るレールも敷かれなかったうえ、こんなトラブルに巻き込まれることもなかったように思えた。激しく抱きあっていた夫の姿を思い出すと、苛立ちを押さえきれず、両手で髪の毛が乱れるほど頭を掻いた。

テレビをつけた。野球の実況が画面に映し出された。ヒット性の打球を好捕して一塁に投げる野手の姿が目に入ってくる。その野手の姿が史樹にだぶって映る。アスヤは急に日本が懐かしくなった。色々な思い出が蘇ってくる。豚肉を食べたこと、学会の後、研究室の仲間と旅行したこと、学位授与式のことなどが、ゆっくりと通り過ぎていく。しかし史樹と二人で深夜までモニターを覗き込んでいた夏の夜、自分がさりげなく躰を接近させた時に、史樹が身を少し引いたことを思い出した。それが一度や二度でなかったことを思い出すと、アスヤは顔を赤らめながらソファーの横に置いてあった雑誌を掴んで、

「あの莫迦」

と言い、テレビが据え付けられてある台の下部に投げつけた。

その日、林国棟は夜遅く何事もなかったように帰宅した。ソファーに座って再びテレビを見ていたアスヤの横に腰を下ろすと、彼女の肩に腕を回してきた。アスヤはとっさに立ち上がり、さっさと書斎に引きこもった。夫は無言であった。

アスヤは夫に日曜日の出来事は暫く隠しておいて、成り行きを見届けることにした。急に事を荒立てても、得るものがないと判断した。米国で職を見つけることが難しい以上、出来うる唯一の選択肢は、中国に帰国することである。米国で永住したいと願う夫の将来を考えれば、新しい女性と再婚することが彼にとっても最善であると思えた。

それから二週間ほどした夕刻、アスヤが英語学校から帰ると、林国棟が珍しく早く帰宅していた。彼は大学から持ち帰ったファックスを、

「えらいことになった」

と言ってアスヤに手渡した。ファックスはヌルグレからで、李宝瑜が入院したとの知らせであった。それによると、ヌルグレが李彩明から入院の知らせを受け、上海の病院に飛んで行くと、医師から末期的な肝臓癌であることを告げられたということである。

ファックスを受け取ったその夜、ヌルグレから電話があった。彼女はアスヤのアパートに何度電話をしてみても通じなかったので、その声は多少苛立っていた。彼女は単刀直入に、すで

にリンパ腺から至る所に癌細胞が転移してしまっていて、回復の見込みはないと言った。アスヤは仰天した。何とか奇跡的に回復して欲しいと願い、自分で母の看病をしたいと思った。

ヌルグレの話によると、李宝瑜はアブドラが軽い脳梗塞で倒れたので、カシュガルにやって来て三週間看病をし、容体が回復したことを見届けると、上海に戻って行ったが、急に自分の体に異変を感じ、病院に検診に行ったところ、即入院というはめになってしまったということである。「アブドラの病気は軽いからアスヤに知らせる必要がない」と李宝瑜が言ったので、父の入院は今まで知らさなかったとヌルグレは弁明した。アスヤは一家に重なってやって来た運命の冷酷さを嘆いたが、夫との生活には未練がない以上、米国を去る決意をした。

林国棟は色々アスヤを慰めた後、すぐに看病のために上海に行くことを勧めた。その言葉を、夫が上海で米国行きの手伝いをしてくれた李宝瑜に感謝しているからだと受け取れば悪い気持ちはしないが、一方、自分がいないうちに、新しい女性との恋をより進展させようとする下心と解釈すると、不快以外の何物でもなかった。

アスヤは翌日、上海行きの切符を手配し、その三日後に米国を発った。出発に際し、再び林国棟のもとに戻らない決心をし、必要な身の周りの物は全て旅行鞄に詰めた。この中にはむろん史樹らとの共著の論文の別刷りや高価な民族衣装等も含まれている。全ての物を詰め終わり、旅行鞄に鍵をかけながら、自分の名前の由来がアジアであったことに思わず苦笑した。

しかしアスヤは、最後の品を詰め終わって鍵をかけた時、旅行鞄の開閉をする度に、昨夜から無意識のうちに暗証番号を回していたことにふと気付いた。旅行鞄の開閉は夫に鞄の中を勝手に覗かれるのを防ぐため、必要な物に気付くとそれを詰め込んでは、毎回鍵をしていたのである。その暗証番号は夫の生年月日の一部を捻ったもので、旅行鞄は夫と日本に留学する前に上海で購入したものであった。アスヤはゆっくりと目を閉じた。かつて史樹をそれとなく誘惑しようとしたことが、自分を責めるかのように脳裏に流れ込んできた。

アスヤは今から隣の部屋にいる夫に向かって、あの日曜日のことを問い詰めるべきかどうか自問自答を繰り返し始めた。あの日見た一部始終を夫に話して、激しく夫を詰《なじ》り、「自分を採るかあの女性を採るか」を厳しく問い詰めたい気持ちになった。アスヤは意を決したように立ち上がった。ドアを開いたとき、ソファーに座っているはずの夫は誰かに電話中であった。アスヤは再び詰め終わった旅行鞄のある部屋に戻ると、その前に座り込んでしまった。

夫を問い詰める気迫は急に冷めていった。もし自分のさりげない誘惑に史樹が応じていれば、自分の方が問題を先におこしてしまっていたはずである。しかし何ごともなかった。自尊心の強いアスヤの心は、自分より先に一線を越えてしまった夫が許せない気持ちで再びいっぱいになった。

夫は一緒にタクシーで空港まで見送りに来たが、ここ数日の夫の表情を見れば、体裁のよい儀礼としか彼女には映らなかった。アスヤはここで、林国棟の元に戻らない決心をはっきりと固めた。アスヤは李宝瑜がいつ回復するか判らないので、帰国の目処がたたないとして、片道切符のお金しか要求しなかった。林国棟は片道切符と言うことに多少の拘りを示したが、「帰国日が決まれば切符を買う金を郵送する」ということで承諾した。

李宝瑜は華山医院に入院していた。この病院は上海の市街地にある総合病院であるが、癌の治療でも権威のある病院として知られている。アスヤは病室のドアを開いた。二人部屋のため、患者がもう一人いた。病がかなり進行しているようで、酸素吸入が行われていたが付添人はいなかった。李宝瑜に付き添っていたヌルグレと李彩明は、アスヤがやって来てほっとした様子であった。アブドラはむろんそこにいなかった。アスヤは二人に軽く会釈すると、ベッドに近づいて囁いた。

「お母さん、しっかりして。暫くするとよくなるから」

突然耳に入ったアスヤの言葉に李宝瑜はびっくりしたように軽く閉じていた目を開いた。

「今まで無理をするから、重い胃潰瘍なんかになるのよ」

アスヤは李宝瑜に癌であることを悟られまいとして、悲しみを押し殺すように、ほほ笑みを浮かべて言った。ヌルグレも李彩明も、

「そうよ、私たちもそう言ったでしょ。しばらくすると元気になるわよ」と口調を合わせた。李宝瑜はアスヤの方に体を捩って起き上がろうとした。

「そのまま寝てなきゃ。早くよくならないわよ」

アスヤが制したが李宝瑜は起き上がると、

「わざわざアメリカから駆けつけてくれて有り難う。姉さんとヌルグレには大変世話になっているの」

と言った後、入院までの経過を説明し始めた。李宝瑜の容体は小康状態にあった。

「お父さんが脳梗塞で倒れてね。私は三週間カシュガルに留まって看病した。彼が良くなってきたので職場に復帰すると、今度は私が入院なんだから」

「お父さんのことは心配しないで。私がウルムチとカシュガルを行き来して面倒を看るから。それに一族の何人かに頼んで、毎日交代で介護してもらっているから大丈夫よ」

ヌルグレが諭すように言う。ヌルグレの説明によると彼は軽い言語障害を引き起こし、付添介護が必要なため、とても飛行機に乗れるような状態でなく、病院に入院させたままであるとのことである。

李宝瑜はアスヤに会えてほっとしたのか、米国での生活について色々な質問をした。アスヤは通り一遍の米国の紹介をした。渡米してすぐにニューヨークやワシントンに一緒に出かけたえた。

話をした。三人はマンハッタン、ブロードウエイ、ホワイトハウスの話を興味深げに聞き入っていた。しかし夫婦間の危機についてはいっさい触れずに、母が入院したので、夫と相談の上、良くなるまで看病に付き添うことを了解してもらい、急きょ米国から帰国したことを説明に加えた。

長時間の会話で疲れを催した李宝瑜が、再びベッドに横になり、目を閉じたので、三人は一旦病室を出て、玄関のロビーの椅子に腰を下ろした。

「いくらもっても三ヶ月の命であると医師から宣告されたのよ。カシュガルで必死にお父さんの看病にあたっていたお母さんからは、今の容体は想像だにできないわ」

ぽつりとヌルグレは言った。さらに、

「お母さんの献身的な看病に、私には理解を越える両親の絆を感じ取った」

と付け加えた。その話を聞いたアスヤも李彩明もまた同じ感情を抱いて頷いた。

アスヤは二人に感謝の意を伝えると、

「お母さんは私が看病するから、姉さんにはお父さんの面倒を看て欲しい」

と頼んだ。アスヤは早速、李宝瑜のアパートで生活することにした。李宝瑜は上海の戸口（市民権）をまだ確保していないので、病院での治療費は極めて高額なものになり、李宝瑜の蓄えでは足らないことを李彩明は説明した。しかし余命が三ヶ月しかないので、自分は夫と相談してその費用を捻出すると言った。李彩明の母に対する計らいは二人には有り難いものであった。

しかしアスヤは三ヶ月先に母の死を想像したくはなかった。

「母は必ず良くなるので、出来るだけ長く少しずつ援助してもらいたい」

と頼んだ。このため、李彩明の友人の紹介で外国語学院に就職した。この学院は上海では有数の外国語を学ぶための学校で、教員としての就職は容易ではないが、アスヤの場合は高学歴が幸いして、日本語と英語の講師として職にありつくことができた。給料は決して高くないが、生活費を切り詰めればある程度の入院費は捻出でき、残りは李彩明の援助を仰ぐことにした。三年半の日本での研究生活は、日本人学生との会話を毎日余儀なくされていたので、読み書きは言うに及ばず、会話においても、大学で日本語の専門課程を卒業して就職してきた講師に見劣りしなかった。

アスヤは午後三時から夜間まで働いた。このため、アスヤが病院で李宝瑜の世話ができるのは、日曜日を除けば午前中だけである。彼女は病院に行くと李宝瑜の下着の取り替えを行い、汚れた下着は外国語学院に出勤する前に洗濯をしておくのを日課とした。また朝食のデザートには果物を持っていくことを欠かさなかったが、李宝瑜は日を追うにつれ、それを受け付けなくなっていった。

看病を始めて二ヶ月が経つと、李宝瑜は激痛を訴えるようになった。車イスで運んでも、自分でトイレをすることは不可能になり、アスヤや看護婦の助けを必要とする日もあった。彼女は看護婦にチップを渡し、自分のいない時に下の世話を依頼した。李宝瑜が激しい痛みを訴えると、アスヤは見るに耐えられず、自分がその痛みを分かち合えるなら分かち合いたいとも思った。けれども痛みが引くと、李宝瑜は比較的穏やかな表情を浮かべていた。

李宝瑜は自分の命が終焉に近づいていることを悟り始めた。アスヤが自分の体が手の施しようのない末期的な癌に冒されているのを隠しているようにも思えたが、そのことを訊きだす勇気もなかった。しかし彼女は激痛の後の小康状態が続いたある日、アスヤに向かって言った。

「もし私が死んだら荼毘に付しておくれ。私の姉さんに頼んで、私の父母が眠るお墓にお骨をいれるよう頼んでもらっておくれ。イスラム墓地には入れないでおくれ。アブドラには長生きしてほしいけど、もしお父さんが亡くなる時に私の傍がいいといったら、私のお骨の横に埋葬しておくれ」

この瞬間、アスヤは李宝瑜がムヒタルやアイグルの眠るホージャ墳に隣接したイスラム墓地に埋葬されることを拒絶した意思表示であると受け取った。これはイスラム教徒としての死後を拒否したばかりか、現世においても峻拒していることにほかならないと考えた。

コーランではアラーの神を崇拝するものは天国に行け、それを無視する者は地獄で火あぶりや釜ゆでになると教えている。アスヤは、自分自身はイスラム教徒であっても、母は完全な漢族であることを最後に決定的に告白された思いがした。頭の中を大きな動揺の衝撃波が通過するなかで、アスヤは動悸の高まりを抑えながら、

「そんな気弱なこと言わないで。あと数ヶ月もすれば元気になるから。姉さんの話だとお父さんは随分よくなって何時退院してもいいような状態になっているのよ」

「無理なことはわかっているけれども、もう一度アブドラに会いたいな」

「元気になれば会えるから」

アスヤはそう応えながらも、宗教では説明しえない母の父への愛に心が打たれる思いがした。回復へ一抹の望みを託しているアスヤであるが、母が死亡すれば、その処理は母の意思に従うことを決意した。ヌルグレと相談をして、彼女の伝手で遺体をカシュガルまで空輸したり、それが無理なら近くのイスラム墓地に埋葬することは考えないことにした。アスヤは李宝瑜が眠りにつくと、虚脱感を背負いながら外国語学院に向かった。

その日、アスヤが外国語学院で教鞭を執った後、帰宅のために学院の正面玄関のドアを開いた。そこは駐車違反の場所であるにもかかわらず車が一台止められていた。車の前には一人の

男が立っていた。アスヤは懐かしい顔にびっくりした。上海で大学院生活を送った時、同じ専攻で一年先輩であった張海生である。大学院時代、研究が類似していたため比較的親しくしていた間柄である。

張海生はアスヤに好意を抱き、アスヤも同じように李海生に好意を持っていた。しかし彼女はいつしか自分に積極的にアタックをかけてくる近郊の大学の大学院生でコンピュータを専攻した林国棟と親しくなり、結婚にまで進んでいった。張海生の方も、アスヤが他の大学の男と自分以上に密かに交際を始めたことを知ると、アスヤにプロポーズすることなく、他の女性と交際を開始して結婚した。その女性は同じ大学の学生であったが、アスヤとの間に面識はない。

張海生はアスヤの方に近寄って来て、懐かしそうに言った。

「君が上海に戻ってきている噂を耳にしたので飛んで来たんだ。アメリカにいると訊いていたが、お母さんが病気のため戻って来ていたんだね」

「今、大変なの」

「この外国語学院で働いているんだって」

「そうよ。生活費と多少の入院費を稼がないといけないから」

「大変だね。同情するよ。ところで食事は」

「まだ。アパートに帰ってから簡単なものを作ることにする」

「本当に久しぶりだから一緒に食事をしようよ」

「でも悪いからよすわ」

「久しぶりなんだからさ。付き合ってくれよ。上海でおいしい料理の食べられるレストランなら大抵は知っているから」

そう言って、張海生は車の前のドアを開き、乗るように指示した。久しぶりの友人との出会いに心が滅入っていたアスヤは、懐かしさも手伝って一緒に食事をとることにした。

張海生は隣の席でぐったりしているアスヤに言った。

「何が好みですか」

「別にこれと言って。豚肉以外は何でもいい」

「時間も遅いから、できたら早く決めて下さい」

「では、洋長興羊肉館にして。シシカバブを食べさせてくれるレストランなの」

一昨年の春節に家族で団欒した思い出のレストランである。アスヤはこの場所で再び食事を取ることにより、母の元気な姿を思い浮かべたいと思った。レストランに到着した時、閉店がせまっており、客数は多くなかった。春節の時には気付かなかったが、客の約半数が少数民族のようにアスヤには思えた。

張海生にとって、アスヤは結婚を前提にして付き合おうとした好みのタイプの女性である。彼はアスヤがイスラム教徒であることで、習慣の違いにどの程度妥協できるか模索している矢先に、林国棟に先を越されてしまい、次善の策として今の妻と結婚し、二歳半になる娘がいる。アスヤの方も、当時、林国棟の方が積極的であったので、その積極さに引かれて結婚したまでで、張海生との相性は悪くない。

李宝瑜の不治の病の看病に気が滅入っていたアスヤは、アパートに帰ると自分のこれからの将来について考え込む日が続いていた。これと言った話し相手もいなく孤独感がつのり始めていたので、張海生との再会は気晴らしには充分であった。

注文したシシカバブが運ばれてきたが、アスヤは食欲がなく、ひと串食べただけで、ワイングラスに口を付けることが多かった。張海生の方は対照的に相当空腹らしく、運ばれてきたシシカバブを次々とたいらげていた。

「何時、アメリカから戻ってきたの」

「二ヶ月前。母の病気を知らされて飛んで来たの」

「具合はどう。大分良くなった」

「癌が体のいたる所に転移しているらしいの。私がアメリカに出立する少し前に会った時、相当疲れた様子だったので、随分心配していたんだけど。でもその時期に気付いていたとしても、肝臓癌だから手の施しようがなかったらしいけど」

「でも希望を持たないと。僕に出来ることがあれば、協力するよ」

「有り難う。その時はお願いするわ」

張海生はワインを一口飲み、一呼吸おいて尋ねた。

「林国棟はアメリカにいるの。上海には来ないの」

「そうよ」

「お母さんの容体の方は知らせてあるの」

「ええ、一度だけ電話した。向こうからは二度かけてきた」

「忙しいのだね。競争の世界は」

「ええ、公私共々そうみたい」

アスヤの「公私共々」という意味深長な言葉の裏に、この時の張海生は何の疑問も持たなかったらしく、

「お母さんがよくなったら、一緒にアメリカに連れて行く」

と尋ねた。

「回復する訳ないじゃないの。そんな話はもうよしてよ」

アスヤは眉間に皺を寄せて、そう言い放つと、歯を食いしばってこめかみをピクピク動かした。状況を理解しない張海生は、当惑した様子で急に無口になり、残りのワインを一気に飲み

干すと、食べかけのシシカバブを口にほお張った。

張海生がアスヤの不機嫌を察したかのように、話題を仕事の話に変えてきた。それを察したアスヤは機嫌を直して、彼の話に耳を傾けることにした。

張海生は大学院を修了すると、紡績会社に就職したがすぐに退社し、彼の父の出資で友人と小さな既製服の販売営業を営む会社を設立して社長におさまった。彼は生まれ持った話術で成功をおさめ、現在、会社は十人以上の従業員のいる多角的なアパレル商品の販売を営むまでに発展している。個人所得は中央政府の政策上多くはないが、車も会社名義で購入し、実際は自分が通勤に使用している。また、値段のかさむ食事代は会社の接待費で落としている。

彼はそれ以降もしばしば仕事帰りのアスヤを待ち受け、夕食に誘った。アスヤは短時間という約束で彼の誘いを拒むことはなかった。


李宝瑜の病状は痛みと小康状態を繰り返しながら少しずつ進行していくように思えた。入院前には白髪が混じる程度であった髪はほとんど白髪に変貌し、その多くは抜けていた。顔には溝の深い皺が目立ち始めた。日曜日の午後にアスヤが訪れると、小康状態にあった李宝瑜は、アスヤにベッドの傍に椅子を持ってきて座るように指示した。彼女はアスヤの顔をしっかり見据えた。アスヤは死の病にある母の顔とは思えない鋭い眼光にたじろいだ。

「この前言った話の繰り返しになるけど、私が死んだら火葬にしておくれ」

「そんな弱気な。だんだんよくなるって。いらない心配が体に一番悪いのだから」

「いやもう助からないことは自分が一番よく知っている。愛するアブドラには悪いけど、私の遺骨はこの前言ったように、李彩明に頼んで上海のお墓に埋葬しておくれ。あの世でお前が可愛がってもらったお前のおじいさんやお祖母さんにも会いたいけれども、やはりイスラム墓地には行きたくない。これが私の実子であるお前に対する最後のお願いよ」

そう言った李宝瑜の眼には涙が滲んでいた。すでに母の申し出に従うことを決心していたアスヤは、最初にこの話を訊いた時ほどの衝撃は受けなかったが、「実子」と言った言葉に胸が詰まる思いがした。これまでの理性的な母の言動からは考えられない本心を垣間見た思いがした。アスヤは生つばを飲み込んだ後、李宝瑜の涙をかたくしぼった濡れ手ぬぐいで軽く拭き取りながら、

「心配しないで。必ず良くなるから。でも、もし万一そんな事態になったら、お母さんの遺言の通りにするから、安心して」

遺言を述べた後も李宝瑜は死に恐怖を覚えたのか、アスヤの慰めの言葉に生への一抹の希望を捨てた訳ではないような口調で、

「必ず元気になるからね。心配しないで」

と言った。アスヤは
「もちろん元気になるわよ」
と応じた。しかし「やはり自分は助からない」という思いが李宝瑜の心の大部分を占めているかのように、それ以上、彼女は何も語らなかった。事実、集中治療室に移されていた自分の隣にいた患者が数日前に亡くなったことを、看護婦達がひそひそ話していたのを車イスでトイレに行く途中、耳にしていた。

李宝瑜の表情が穏やかになり、うっすらと笑みを浮かべた。自分が末期的な癌であり、助かる見込みがないのに、希望を持たせようとするアスヤのいじらしさに感謝しているようである。アスヤは米国から駆けつけて良かったと心で呟いた。どんな困難を押しても遺言を実行してくれると信じられる実子である自分に看取られながら生涯を閉じることに母は安心したかのように思えた。

「ありがとう。これで安心した。これで思い残すことは無くなった」

李宝瑜はそう言って目を閉じた。それは安堵を完全に確信した母の姿のようにアスヤには映った。


ひと呼吸おいて、李宝瑜は再び静かに目を開き、

「アスヤ、アメリカでの生活は充実していたの」

と尋ねた。死に際して曲がりなりにもイスラム教徒である娘の米国での将来を案じている母の言葉のように、アスヤには受け取れた。

「林国棟とはアメリカでは楽しく生活していたのよ。お母さんの病気がよくなったら再びアメリカに行くつもり。お母さんも出来たら一緒に生活しようよ。私よりお母さんの方がアメリカは住みやすいと思うから」

自分の前途に暗雲が立ちこめていることを悟られまいとアスヤは明るく応え、米国での生活の虚偽を演出した。

李宝瑜が眠りにつくと、アスヤは彼女の寝顔を凝視しながら改めてさきほどの言葉を深刻に受け止めた。来世という仏教思想を多少とも受け入れているだろう母が、一族と別れて死後の生活を送ることをやむをえないと考えているのがはっきりしたからである。両親が別居するようになっても、父は一年に一度上海の母のアパートを訪ねて一ヶ月近く生活を共にし、一方、母もまた毎年二週間程度カシュガルを訪れている。また、母は父の看病に自分の体の変調を押して看病にカシュガルまで赴いている。それぞれの立場はあるにしても、総じて夫婦仲は良いと判断しなければならない。しかし死に際して、宗教上の問題が持ち上がってくることは、先日、母の言葉を聞くまでアスヤには考えだにしなかったことである。イスラム教徒ではあるが、ウイグル族でも漢族でもない自分の将来は一体どうなるのか、考えれば考えるだけ気が滅入る思いがした。
アスヤは気分転換のため病室の窓に行った。窓からは、雲一つない青空の広がりの中で、視界の限界まで林立する高層ビルが見渡せた。アスヤはぼんやりとその彼方を見つめていた。

その二日後、張海生がアスヤの職場帰りを待ち受けていた。彼は新錦江大酒店のレストランでの食事に誘った。精神的に落ち込んでいるアスヤはそれに喜んで同意した。日本でも米国でも金銭的に余裕のなかったアスヤにとっては初めての豪華なレストランでの食事である。客の大半は中国人である。

アスヤは頭の中の憂鬱な霧を払いのけようと、張海生に勧められるままにワイングラスを空にした。彼女は張海生に母の死が近いことを告げ、母が漢族であり、父がウイグル族であることは、夫婦の固い愛の絆をもってしても埋まらない習慣の違いであることを抽象的に説明し、それは現在の若者にも当て嵌まると言って、はっと口を閉じた。

張海生はその言葉を聞き逃さなかった。彼はアスヤの夫がまだ重病にある彼女の母の見舞いのために一度も中国に戻って来ないことに、アスヤ夫婦の間に大きな溝ができていることを感じ取った。彼はその話題に触れるのはまずいと判断し、自分の会社は景気がよく、政府の研究機関や大学に勤めていたら今のような生活は不可能であったと話した。

張海生が自分の成功の秘訣を簡単に説明しながらアスヤに高価な食べ物を注文するよう促した。アスヤはそれに応じ、今まで口にしたことのなかった高尚な味を楽しんだ。食事が済むと、張海生はこの近くに自分の会社のオフィスがあるから寄ってみないかと誘った。


オフィスは繁華街の裏通りに面した三階建てのビルの二階に位置していた。正面ドアを照らしている外燈以外は全て消えており、ビルは周りの明るさから孤立していた。張海生は車を道路脇に止め、正面のドアを持参していた鍵で開いて中に入り、壁のスイッチをオンにした。二階に通じる階段が照明で照らされた。階段を上ると彼のオフィスがあった。彼は再びオフィスに通じるガラスドアの鍵を開け、部屋の全ての蛍光灯に明かりをつけた。中は十人程度が事務に携われるように机が並べられていた。

各従業員の机にはコンピューターが設置され、机のサイドテーブルには、プリンターが備え付けられていた。奥のついたての向こう側には大きな机と来客が三人程度座れるソファーが二対、小さな置きテーブルを挟んで設置されていた。これが張海生の執務場所である。アスヤはソファーに腰をおろした。

「何か飲みますか」

「結構よ」

「でも少しだけ。胸焼けが治まりますよ」

そう言って、張海生は壁際に設置された本箱の片隅に置かれていたグラスのうち二つを取出し、冷蔵庫の氷を入れると、その上にジンとオレンジファンタを注いだ。グラスを手渡されると、体が火照っていたアスヤにはその冷たさが心地良かった。

「この会社創って何年位になるの」

一口飲んでアスヤが尋ねた。

「三年少々だな。父親が出してくれた資金で会社を起こし、それを発展させたのさ。最初は小さな間借りであったのを、手狭になってきたから半年前にここに引っ越したんだ」

「そんな短い間に成功したの。結構お金持ちのようね」

「いや、給料は高くない。車も会社名義だし、さきほどの食事も会社の接待費で落としたのさ」

「会社の費用で落とせるなんていいわね」

「その代り毎月良い収益を揚げなければ」

そう言いながら、張海生はアスヤが腰掛けているソファーの横に座った。

「アメリカでの生活は楽しい。そこは僕の知らない国だから」

「お金があったり、いい職にありつければ楽しいかも」

「林国棟も忙しくて上海に見舞いに来れないのかい」

「そうかもね」

「電話はかけてくる」

「時々ね。電話によると日本にいた時とは比べものにならないくらい真剣に研究しているそうよ。本当かどうかは判らないけど」

「見舞いに来れないほど頑張っているところをみると、出来れば大学に職を得て市民権を目指しているのじゃない」

「多分そうね」

「じゃアスヤもアメリカに永住するつもり」

「さあ、これから考えるべき課題ね」

とこの問題の答を回避した。

「林国棟は何時上海にくるの」

この諄《くど》い質問にアスヤは少々腹立たしげに、

「知らない。多分来ないと思うけど」

と答え、グラスに半分以上残っていたジンのファンタ割りを一気に飲み干した。咽が渇き気味だったので、冷たい液体は心地よかった。張海生はアスヤの仕草や言動に侘びしそうな影を見

る思いがした。張海生が今でも自分に好意を寄せていることを見て取ったアスヤは、酔いとともに口が軽くなり、

「父親も脳梗塞で倒れたの。今は大分良くなっているらしいけど、まだカシュガルの病院に入院しているから、腹違いの姉がしばしば見舞いに行ってるのよ。母は私たち姉妹に高等教育を受けさせるため、私一人しか生まなかったけど、こんな時に二人だけは大変よ」

「それは大変だ。今は一人っ子政策だけれど、我々の年代は兄弟が多いからな。僕なんか五人兄弟だ。困ったことがあればいつでも相談にのるよ」

「有り難う。その時はお願いするわ」

「何でも言ってくれ。酔って話すのではないけれども、僕は君が先に結婚してしまったから、多少ショックを引きずって結婚したんだ」

「子供はいるの」

「二歳半になる女の子がね。アスヤには」

「私には子供がないわ」

「勉強している期間が長かったからね。これからだな」

「そんな話はよしましょう」

そう言ってアスヤは俯きかげんになり、両手で持っていた空のグラスを回し始めた。

「もう一杯飲む」

「もう結構よ」

張海生はそれ以上何も言わずに、グラスの中の残りを飲み干した。

アスヤは誰もいないオフィスのソファーに張海生と二人だけで腰をかけていることが運命のいたずらのように思えた。アスヤにとって、張海生はフィーリング面では夫となった林国棟より好みのタイプであった。しかし林国棟の方がイスラム教徒であることを前提として積極的に交際を申し込んできたので、心が傾いたのである。また、林国棟が同じ研究志向であることも心を動かされた一因であった。しかし今となれば、それが裏目に出た思いがした。アスヤはふとあのボストンの教会での夫と東洋人らしい女性との激しいキスの一齣を思い浮かべると、グラスを前のテーブルに置き、頭を抱えて放心したように張海生の方に躰を傾けた。

張海生はもともと愛のシグナルを送っていた女性が躰を寄せてきたことに戸惑った表情をみせたが、すぐに真っ赤な情欲にかられたかのように、アスヤの躰を抱きしめると激しく舌を求め、そのままソファーに押し倒した。目を閉じたアスヤは、自分の服が剥ぎ取られていくのに抵抗することなく、張海生の感触を静かに受け入れた。彼女は暫くして、自分の躰の芯に向かって、熱い大量の液が噴射されるのを感じ取った。

李宝瑜は日々に激しい痛みを訴えるようになり、集中治療室に移された。アスヤは母の苦しむ姿をみるのが堪らなく辛かったが、背中を擦ってやる以外なす術がなかった。その痛みは死に至る癌患者共通の悲しい症状である。

李宝瑜は食べ物を全く受け付けなくなり、人工呼吸が施されるようになった。そのような折り、アブドラの看病のためウルムチとカシュガルを行き来していたヌルグレがやって来た。ヌルグレは苦しむ李宝瑜の姿に耐えられず、アスヤが背中を擦っているのを横目で見ていたが、多少症状が治まるとアスヤに代って背中を擦るのを手伝った。この頃のアスヤは医師の許可を貰って、外国語学院での遅い仕事が済むと、朝まで李宝瑜のベッドにうつ伏せになって仮眠する生活を送っていた。

「順風だった私たちの人生にも大きな試練が訪れたわね」

ヌルグレがぽつりとこぼすと、アスヤは元気なく、

「私は落ちるところまで落ちていくみたい」

と憔悴した表情で応えた。

「ごめんね。大変苦労をかけて」

「いいのよ。お父さんの方を頼みます」

「大分よくなってきてね。医師にこれからリハビリを積んでいけば、ほぼ元通りになると言わ

れたので、お父さんの方は一安心だけど。でも、お母さんは苦しんでかわいそう。なることなら痛みを肩代わりしてあげたい」

そう言った後、ヌルグレはアスヤを思いやるかのように、話題を転じた。

「アメリカに戻らなくてもいいの。林国棟は見舞いのため上海にやって来ないの」

「いいのよ。私たち夫婦のことは」

「おじいさんとおばあさんは長生きしたのに、お父さんとお母さんが同時に悪くなるなんて」

「習慣や風習が違うなかで、お父さんとお母さんは互いの意志を尊重し合うのに随分苦労していたのね。お母さんの肝臓癌もお父さんの脳梗塞もストレスからなのよ」

アスヤはそう言って、母が異郷の地カシュガルで色々な困難を乗り越えて自分たちの将来に展望を開いてくれたことに感謝する一方で、自分にはのしかかっている荒波を乗り切る自信がないことを自嘲した。アスヤはこの時、万一のトラブルを回避するため、李宝瑜の遺言についてヌルグレに相談しないことにした。母の遺言にショックを受けることを気遣ったからである。

三日間、アスヤのアパートに滞在していたヌルグレはウルムチへと帰って行った。別れ際、彼女はアスヤに李宝瑜の容体が悪くなったら直ちに知らせて欲しいと頼んだ。アスヤはそれに愛想よく返答したが、葬儀のことを考えるとその気にはなれなかった。敬愛する姉ではあるが、慣習の違いを持つ母の宿命的な終着点を丸く収めたかった。

ヌルグレが帰省した翌日は日曜日であった。その日、アスヤは病院に行くのを昼からにして、午前中は南京路でショッピングをしていた。李宝瑜のアパートでの生活を続けるための生活必需品を購入するためである。その日の上海は晩秋の秋晴れで、心地よい風が吹き抜けている路地は若いカップルや家族連れで賑わっていた。

アスヤは幾つかの店で買い物をした後、最後に衣料店に立ち寄ってセーターを購入し、外に出ようとしてドアを開くと、逆に入って来ようとした張海生にばったり出くわした。彼はおかっぱにした娘の手を引き、その背後に彼の妻がいた。小柄で可愛い顔をした女性である。冬に備えて妻と子供の外套を購入するつもりのようだ。張海生は金縛りにあったように体を硬直させた。アスヤは彼の二面性を見透かしたような気持ちになり、すこし困らせてやることに心持ち快感を覚え、

「こんにちは。家族でお出かけ」

と声をかけた。先日のことが頭にある張海生は真っ赤になり、俯きかげんになりながら、ばつが悪そうに、

「こんにちは」

と小声で応答した。アスヤは張海生を無視して彼の妻に微笑みかけ、

「あら、奥さんですか。かわいいお嬢さんですこと」

と言って、アスヤはその子の頭をなぜた。

「あら初めまして、張海生の妻です」

と彼の妻は挨拶した後、立ち話が始まった。アスヤは彼女に、自分は大学院時代には張海生の一年後輩で、専攻が同じであったこと、博士課程を日本で過ごしたが、その後、夫と共に米国に住んでいること、しかし母が病気のため一時帰国していること等を話した。彼の妻は、アスヤが夫と同じ大学院で同じ専攻であったこと、さらには自分が学部の学生であった時、夫もアスヤも同じ大学の大学院に在籍していたことを知って驚いた様子であった。彼女はアスヤに、子育てをしながら夫の経営する会社を手伝っている話をした。会話の合間に、アスヤは時折耳たぶまで赤くなった張海生の顔を横目で見て、その表情を窺いながらその当惑ぶりに含み笑いをした。

少し長い立ち話が済むと、アスヤは張海生の家族に挨拶をして外に出た。張海生は、ばつの悪さを隠そうとするかのように、アスヤの後ろ姿に、

「さようなら」

と少し場違いの大声を発した。

それから十日経つと、李宝瑜は自由に口が利けなくなり、それからさらに二日後、苦しみの中にアスヤと李彩明に看取られて他界した。息を引き取った李宝瑜の相貌は激痛から脱却した安らぎそのものであった。一週間に一度の割で見舞いに来てくれていた李彩明は、李宝瑜の遺体にしがみついて号泣したが、なぜかアスヤには涙がなかった。

アスヤは李彩明が落ち着きを取り戻すと、遺体を荼毘に付すことと、遺骨を李宝瑜の両親の眠る墓に埋葬することを彼女の兄弟に取り計らってくれるよう頼んだ。それが母の遺言であることも付け加えた。李彩明は遺言のあらましをすでに知っていたようで快く同意した。しかし急に恐ろしい気持ちに取りつかれ、母の遺言とは別に、遺体をそのまま墓地に埋葬して欲しいと彼女に訴えたが、人口密度の高い上海では、そんなことはできないと拒否された。

危篤を告げられても、アスヤは姉妹といっても純血のウイグル人でイスラム教徒であるヌルグレにはすぐに電話をしなかった。電話をしたのは死後半日経ってからである。李宝瑜の遺言をスムーズに実行するため、葬儀での立ち会いを不可能にするためである。事実ヌルグレは急な出来事で参列できなかった。

李宝瑜が上海に来て日が浅いにもかかわらず、葬儀への参列者は多かった。工場関係の仲間の多くと彼女の兄弟は全て参列した。彼女の兄弟で歳が一番若い李宝瑜が一番早く他界したことになる。彼らはいずれも平均以上の生活を営んでいるように思えた。

葬儀の段取りは全て彼らが取り仕切ってくれ、アスヤはその流れに従うだけであったが、母の遺言が実行できたことに安堵感を覚えていた。しかし李宝瑜の遺体が灰燼と化し焼却炉から出てきた時、現世で火あぶりになった母の姿に嗚咽をもよおしそうになった。遺骨が納骨されると、アスヤは李彩明の誘いを振り切って一人アパートに戻った。しかし夜更けとともに、落ち着きを取り戻した彼女は、欠落の深さを改めて認識し、孤独感に打ちひしがれるのであった。

アスヤはすぐにでもカシュガルに戻る決心をし、外国語学校に退職届を出した。父、アブドラの看病をするためである。引き払うアパートの後片づけをしていると張海生がやって来た。アスヤは張海生に李宝瑜の死を知らさなかったが、病院に行って知ったとのことである。彼は単刀直入に、

「米国に戻って林国棟と生活を共にしないなら彼と離婚して欲しい。僕は妻と離婚する」

と言った。アスヤは迷惑な話に当惑したが、そう言ってくれることに悪い気はしなかった。

「あなたの奥さんは明るい素晴らしい女性であるので、彼女を悲しませてはいけないし、彼女の人格を無視することは人間として失格である」

彼女はこう言って張海生を叱責した後、

「この前あなたの奥さんに出くわした際、もしあなたの奥さんがあなたにプラスに働かないと

私が判断したら、一度も上海に来なかった林国棟との離別は考えられたでしょうが、素晴らしい女性だったので、私はあなたと一緒にはならない」

と彼を気づかって付け加えた。これを聞いて、張海生は妻とのいざこざをぽつりぽつりと並べ始めたが、アスヤは、

「それはあなたの身勝手な考えである」

と一蹴した。アスヤはさらに語気を強めて、

「今の会社はあなたの奥さんの協力なくてはやっていけないから、これからも二人で力を合わせて」

と激励した。

アスヤは慣習の全く異なるウイグル族の父と漢族の母とが妥協しあってきた生活のストレスが両親の病として顕在化したと述べ、自分が知りうる両親の間の埋めがたい心の溝と愛の葛藤を張海生に語った。張海生はそれ以上何も言わなかった。アスヤが、

「カシュガルに戻って父親の看病をしながら、生涯を送りたい」

と言うと、張海生は全てを理解したように軽く頷いた。アスヤが三日後に上海を去ることを知らせると、

「片づけの邪魔になるといけないから」

と言って、彼女のアパートを後にした。


アスヤが飛行場に到着し、搭乗カウンターに行くとそこに張海生が彼女を待っていた。彼はアスヤの前に歩み寄り、封筒を手渡した。開いてみるとそこには札束が詰まっていた。

「五千元入っている。何かの役に立ててくれないか」

アスヤはそれを聞いて軽べつされた面持ちになり、

「あなたはこの前のことにまだ拘っているの。不愉快よ」

と封書を突き返した。

「いやそれはあなたにあげると言っているのではありません。漢族と少数民族との交流に結婚を通して貢献したあなたの両親に拍手を送りたい細やかな僕の気持ちです。慣習の違いを埋めようとするお互いの努力の中で、あなたのお母さんは亡くなってしまったが、お父さんは元気になる可能性がある。漢族と少数民族との交流に貢献したお父さんの看病に使ってほしいのです」

張海生は励ますような口調で言って、再びその封筒をアスヤに手渡した。カシュガルにいるアブドラの看病に充分な金の蓄えもなく、不安を抱えての帰郷となるアスヤは、しばらく考えた末、

「有り難う。感謝します」

と言って、それを受け取った。張海生が握手を求め、その場を去ろうとすると、アスヤは、

「ちょっと待って」

と言って、チェックインカウンターに持っていこうとしていた大きな旅行鞄を開いて一冊の本を取出し、

「これが私の学位論文、記念に謹呈します」

と張海生に手渡した。

「有り難う。随分立派なものだねえ」

「もうこんなもの必要ないんだけど。自分の一生の記念だと思ってアメリカを出る時、持って来たの。五冊あるから一冊受け取って下さい」

「僕には何が書かれているか判らないけど、大事に持ち続けます」

そう言って、張海生は再び励ますように握手を求めた。しかしその態度とは裏腹に、彼の切なさそうな表情から、彼が複雑な心境になっていることを、アスヤはすぐに感じ取って、心の底で薄笑いをした。肉体的な腐れ縁が始まることはないと思った。張海生の性格を知り抜いているアスヤは、張海生に今後自分とは友達関係でしかないことを知らしめるうえで、先程の自分の感謝の意を込めた咄嗟の演技が、残酷過ぎるほどの効果があることを確信したからである。

アスヤが厳冬のウルムチ飛行場に着くと、ヌルグレが迎えに来ていた。一日をヌルグレのアパートで過ごした二人は、カシュガルへと向かった。アスヤは葬儀の内容について詳しい説明をしなかった。李宝瑜の死があまりにも急であったので危篤の知らせができなかったことをさらっと述べて、ヌルグレの不信感が芽を出さないように努めた。李宝瑜と祖母アイグルとの確執を幼いながら感じ取っていたヌルグレの方も、葬儀が漢族の風習に従って敢行されたことを察知して、その詳細を尋ねようとはしなかった。

アブドラの病室を訪ねると、彼は少しの言語障害を残してすっかり回復した様子で、二人は直ちに退院手続をした。彼の面倒はアスヤが看ることになった。アブドラは李宝瑜の容体を尋ねた。アスヤはアブドラに李宝瑜の死を知らせることに多少躊躇したが、意を決したように、

「一週間前に亡くなった」

と言った。彼は顔面をこわ張らせ、ショックの大きさを物語っていたが、ヌルグレから末期的癌であることを知らされていたので、取り乱すことはなかった。涙が一筋、二筋と彼の頬を伝った。彼はまだ充分呂律が回らないが、自分が看病に行けなかった悔しさや李宝瑜との思い出を二人の娘を前にして静かに語り始めた。アスヤもヌルグレも慣習を越えた父と母の愛の絆の強さを改めて再確認した。二人は、両親の愛の絆が改めて自分たち姉妹の固い絆となっていること

とを再認識させられた思いがした。

アスヤにとっては、久しぶりの我が家である。祖母アイグルの危篤の際に立ち寄って以来、五年の歳月が経過していた。ヌルグレが新疆大学に入学する前六人家族であった一家は、明後日からは父と子の二人だけになることに心持ち寂しさを覚えた。再び帰ることがないと考えたカシュガルでこれから恐らく生涯生活していくことが自分に課せられた運命《さだめ》のように思われた。

「本当にごめんなさいね。あなたの人生を台無しにしてしまいそうだわ。お父さんがもう少しよくなると、私が首に縄をつけてもウルムチに連れていくから」

「いいのよそんなこと」

「そうしないとアスヤはアメリカに戻れないでしょ。飛行機に乗せられるようになると、私がお父さんを必ず引き取るから」

アスヤはもうアメリカには行かない決心をしていたが、今そのことをヌルグレに話す時期ではないと判断し、

「その時は宜しく」

と言って、その場を繕った。

ヌルグレがアスヤに多少の生活費を渡してウルムチに去った日の夜、アスヤは夫、林国棟に李宝瑜の死とアブドラの看病のためにカシュガルに住むことにしたという内容の手紙を書いた。

そしてボストンの教会で東洋人らしい女性と彼が激しい接吻をしているのを見届けたこともつけ加えた。そして自分と離婚しその女性と再婚することが、アメリカ人となる最も手っ取り早い方法であり、将来が開けるので自分はそれを祝福すると述べて手紙を結んだ。

その手紙を受け取った林国棟は、自分の将来とを天秤にかけたかのように早速離婚に同意したため、その手続きに時間は要さなかった。その手紙には、自分の新しい恋人のことには全く触れず、「君の将来に幸せがもたらされますように」と書かれた内容の短い文面が同封されていた。

アスヤがヌルグレに夫との離婚を持ちだしたのはそれから二ヶ月後にヌルグレが再び我が家にやって来た時である。ヌルグレはアスヤの身を案じてその理由を執拗に尋ね、思い止まるよう説得してきた。アブドラが元気になってきたので、今すぐにでもウルムチに引き取ると言い出した。驚いたアブドラも、アスヤに直ちに米国に行くよう説得した。これは李宝瑜が出て行ったのとは全く違う次元の話だと言った。自分はカシュガルで一人で暮らすつもりであるが、もし、自分のことが気掛かりで米国に行かないと言うならば、ウルムチでヌルグレの世話になると言い出した。

アスヤはこの離婚がアブドラやヌルグレへの配慮ではなく、米国に行ってから二人の関係は破綻してしまったことを詳しく説明した。そして自分や夫も、父や母に比べて低質な人間であると述べ、自分たちの両親ほどこの世に優れた人物はいないと言い切った。二人は混血児として生まれたアスヤの言葉に胸が張り裂ける思いがしたのか、涙を流しながらアスヤの手を握り、語気を強めて言った。

「これからも力を合わせて頑張りましょう」

アスヤも二人の目をしっかりと見つめながら、過去の悪夢を振り払うかのように、

「そうよ。そうよ。皆で頑張らなくては」

と力強く応えながら、自分の目からも涙が溢れるのを感じた。

アブドラの病状の回復は著しく、彼は再び職場に復帰した。以前のようには働けないまでも、それなりの仕事はこなしていた。アスヤの方はヌルグレや彼女の夫の計らいでカシュガルの師範学院で物理学の教官として教鞭を執ることになった。アブドラは李宝瑜がいなくなったが、アスヤがいることで生活に活気を取り戻していた。彼はヌルグレにはウイグル族のアイデンティティーを、アスヤには李宝瑜の面影を求め、アスヤが一生カシュガルで生活を共にしてくれることに安堵感と充実感を味わっていた。

アスヤにとって、生まれ故郷カシュガルは悠久の彼方に時間がゆっくりと流れているように感じられた。この緩慢な時間の流れに身を任せていると、慌ただしかった過去は嘘のように思

われた。冬も上海に比べて多少とも寒いが、ウルムチに比べてはるかに凌ぎやすい。夏休みになると、日本人観光客のガイドをし、日本人との接触を密にしていた。親しくなった観光客から日本の事情を訊いて勉学にはげんだことを懐かしむとともに、彼らからトピックを掲載した際の日本の新聞を送ってもらって、世界の情勢に疎くならないように努めた。刺激が少なく研究とはほど遠い生活に、何となく物足りなさは否めなかったが、将来中学や高校の教師になる若者に新疆の将来を託そうと教育に勤しんでいた。

アスヤがカシュガルで生活を始めた年明け早々、史樹からクリスマスカードを受け取った。米国から転送されてきたものだった。林国棟が転送したことに間違いなかった。簡単な挨拶だけであったが、彼が自分を忘れずにいてくれたことに胸をときめかした。史樹がまだ自分が米国にいるものと思って年賀状を送ったのだと理解した。しかし自分の身の上話を記した返事を出すことに躊躇した。猛烈人間でもない自分が日本で研究に専念したのは、少しでも長く史樹と一緒に、一日を過ごしたかったためではなかったのかと失笑することもあった。史樹が日本人であることを忘れ、林国棟や張海生と同じ時期に知りあっていればとも思った。彼女はその年賀状を大事にしまって置くことにした。

それから二度の年賀状は米国発信であった。カシュガルの住所が書かれていた。イスラム教徒であるアスヤを気づかったように、クリスマスカードではなく年賀状であったが、中には簡単な挨拶程度のことしか書かれていなかった。この時、アスヤは住所を知らないはずの史樹が、今度はカシュガルに年賀状を送ってきたことにびっくりした。日本で生活している中国人女性の数人に米国から帰国したことは知らせたが、離婚のことは知らせていない。しかしアスヤは、史樹が自分が離婚したことに気付いているかも知れないと思った。しかし、

「そんなことはどうでもよいことである」

と自分自身に言い聞かせた。

史樹からの四度目は再び日本からで、ほんの八ヶ月ほど前のことである。この年賀状により、アスヤは米国から帰国後、助手に採用されたことを知った。

史樹からの年賀状は丁寧に保管してあるが、返事を書くことに戸惑いを覚えていた。年賀状の回数がかさむに連れて、史樹に色々教示してもらった日々のことが色濃く甦って来るようになり、逆に張海生や林国棟のことは色褪せていった。しかし史樹に返事を書く段になると、イスラム教の戒律を逸脱した上海での張海生の一夜のことが忌まわしくのし掛かってきた。アスヤのイスラム教は一人でイスラム圏外にいると忘却に近く、圏内においては戒律に従順である。彼女は自分の拘りを振り払おうとしたが、いざとなると金縛りにあったようになってしまった。

アブドラは退院後、二年が経過すると、再び親族を招いて宴会を催すようになっていた。仕

事も入院前のペースに戻っていた。彼を慕ってやって来る親族の諸々の悩み事にも気安く応じていた。彼は少量ではあるが酒を嗜み始めていた。アスヤはそれを心配していたが、カシュガルの女性で酒をおおっぴらに飲むのは自分ぐらいではないかという引け目から、強い忠告をすることはなかった。

それから一年後の断食明けの土曜日の昼、アブドラは自宅に一族を集めて酒宴を催した。ヌルグレも仕事を兼ねてカシュガルにやって来ていたので、宴会に参加した。彼は李宝瑜がいなくなったので、誰に遠慮もなくウイグル族の誇りとアイデンティティーを親族の前で説いて上機嫌であった。一族はバザール立国の精神よろしく聞き上手で、妻を亡くした一族の中心人物を持ち上げていた。

アブドラはほろ酔いかげんになり、少し足を振らつかせて中座した。皆はトイレに行ったと思っていたが、なかなか席に戻って来なかった。アスヤはあまりに席に戻るのが遅いので心配になり、席を立って他の部屋を探してみたが、彼の姿は見当たらない。庭にもいない。不吉な予感がし、あわててトイレに行ってみた。ドアには鍵はかかっていなかった。このトイレには以前ドアがなかったが、アスヤが帰還後、取り付けたものである。中を覗くと、そこにアブドラが倒れていた。びっくりしてアブドラを抱き起こすと大声で助けを求めた。

アブドラの意識はほとんどなく、声は出せない。慌てて小型トラックで病院に連れていった。

アスヤはそれからヌルグレと交互に病院で付き切りで看病した。医師の説明によると、くも膜下出血でほとんど回復の見込みはないということであった。ヌルグレは友人の医師を頼んで手術に当たらせようとしたが、ＣＴスキャンのない病院では不可能であった。彼の意識はほとんどない状態であったが、アスヤとヌルグレがそれぞれ自分を指さして、

「私がアスヤ」

「私がヌルグレ」

と言うとそれは判別できるらしく、アブドラはそれぞれに頷いた。しかしそれから一週間後、意識の回復がままならないうちにアブドラの目から一筋の涙が流れ、息を引き取った。あまりにあっけのない死に、二人の姉妹は茫然と遺体を見つめ、涙もろくに出ない状態であった。アブドラの遺体はそのままムヒタルとアイグルの眠るホージャ墳の近くのイスラム墓地に埋葬された。

二人の姉妹は両親の死により、拍子抜けの日々を送っていたが、時間の経過とともにそれぞれの道を歩み始めた。ヌルグレは新疆自治区におけるウイグル族のアイデンティティーの確立のために奔走するかたわら、ウイグル族の人口減を憂慮し、中央政府が都市部の少数民族に対して許可している二人目の子供を出産することを決意した。そしてアブドラが亡くなって三ヶ

月目には身ごもっていた。

アスヤはカシュガルでのイスラムの厳格な戒律に基づく生活様式や文化を守っていく気持ちはさらさらなく、一族とも距離を置いて悠々自適な生活を楽しみ始めていた。そのような日常性に漬かっていた九月初旬、アスヤを訪ねて史樹が突然カシュガルにやって来たのである。史樹からの四度目の年賀状を受け取った年である。

七

　ホージャ墳は深緑の木々の中にあった。日中の暑さがここでは少々緩和される。史樹はアスヤの案内で馬蹄形のアーチを潜った。土産物店があるのは日本の神社仏閣とよく似ている。彼女が初老の受付の男性に入場料を支払ったので、史樹もそれに続こうとすると、

「ここではあなたはお客さんよ」

と言って、それを制した。アスヤは観光案内人として認められているようで、彼女が支払ったのはどうやら史樹の分らしい。アスヤはホージャ墳を管理している男たちとウイグル語で一言、二言談笑した後、史樹に、

「写真撮影を許可してもらえるお金も払っておいたから。遠慮なく写真をとって」

と言いながら、前方を指さし、ホージャ墳の歴史を説明し始めた。そこには大きな鉢を伏せた様な形状を持つドームが拡がっていた。傍に近づいてみると、ドームはグリーンのタイルに入り混じり、濃紺や赤色のタイルがランダムに所々散りばめられ、ドームの四隅の塔のアラベスクを織りなす色取り取りのタイルとが、格調ある調和を醸し出していた。イスラム教の幾何学的建築様式からは連想しにくいこの優美な女性的な墓廟は建立されてから何度も修復が加えられ、現在の姿を留めるようになったのは、七二年からである。

墓廟の中の大部分のスペースは、目の高さほどの位置にある壇で占められており、そこにホージャ一族の棺が整然と安置されていた。壇の下の残りの狭いスペースには観光客が溢れていた。大小様々な棺には、赤、緑、黄色の布が被せられていた。これら棺の地下にホージャ一族が葬られているので、棺は一種の墓標である。中央の赤い布で覆われているのがホジャ・アパクの棺で、それよりも少し小さい香妃の棺は黄色い布が被せられていた。

史樹はアスヤに写真をとることを薦められてもその気にはなれなかった。壇の下は移動するのを気づかうほど観光客で溢れていても、奥行きのある壇の上に安置された棺は、薄暗さの中で神秘さが漂う厳かさを醸し出していた。観光客で賑わう夏のシーズンを除いて、地元の人もお参りに来るとのことである。

この境内には小さな礼拝堂があり、ミンバルと呼ばれる説教壇を中心に、お祈りができるようムシロが一面に敷きつめられている。偶像を否定するイスラム教徒がカシュガルにおいては礼拝の後にアパクのお墓にお参りするのである。この習慣は中央アジアのイスラム教徒には考えられないことである。この地方は、以前仏教が盛んで、玄奘がインドからの帰り道、カシュガルに立ち寄っている。これはクチャ生まれで、仏教の教典を漢語に訳して中国に伝えた鳩摩《ク マ》羅什《ラジュウ》がカシュガルで一年間滞在し、大乗仏教を学んだ地であるので、敬意を表して立ち寄ったと考えられる。玄奘はこの時、カシュガルでは数多くの伽藍で数万の僧徒が小乗を学んでいたと伝えているが、大乗から小乗への転換時期については定かでない。

カシュガルにおける偶像崇拝を否定するイスラム教徒のホージャ墳の墓廟へのお祈りとのパラドックスは、イスラム教の仏教への同化とも受け取れる。イスラム教徒の巡礼先は、ムハメットやその後のカリフとなったアブー・バクルとウマルが埋葬されているメディナの預言者のモスクではなく、ムハメットがバドルの戦いの後、神の啓示としてイスラムの聖地と定めたメッカのカーバ神殿である。墓地に埋葬された死者は必ず訪れる「最後の審判の日」に神の裁きのために復活するので、イスラム教の教えでは、墓地に埋葬されているのは魂の抜けた亡骸に過ぎないのである。しかし西域のイスラム教は死者の永遠の眠りを墓廟の崇拝というセレモニーで仏教と融合しているのである。

イスラム教が西域に進出したのは、七五一年に唐軍の高仙芝がタラスの戦いに敗北して以降であるという説がある。紙がヨーロッパに伝わったとして知られている歴史的に有名なこの戦いは、サラセンと唐のささいな局地戦であったに過ぎないが、以降、唐の内政の乱れにより、この地がイスラム教支配に徐々に組み入れられていったことはよく知られた史実である。

十四世紀に入ると、この地はほぼイスラム圏となり、仏教寺院が消滅してしまったことは、マルコ・ポーロの『東方見聞録』に記されている。仏教の痕跡が一掃されても、この地のイスラム教そのものが仏教色を今日に留めている。カシュガルの男性がホージャ墳にお参りしたり、禁止されている酒宴を好むのもその名残である。しかし、ヌルグレとアスヤがおおっぴらに酒を飲むのは、李宝瑜の影響で、これは例外中の例外である。カシュガルの女性はこの地で生活する限り酒は飲まない。

薄暗い雑踏の中で、史樹を見失わないよう彼の左腕を掴んでいたアスヤが、突然手を離すと、

「アズグル」

と言って、手を振った。アスヤは史樹に、

「ここを動かないで」

と言って側を離れた。どうやら知り合いを人込みの中で見つけたようである。

史樹は宗教には何の興味も示さないが、国内外を問わず、歴史的に名高い寺院や教会の建造

物の見学には極めて積極的で、厳かな気持ちになると、手を合わせてお祈りをすることにしている。左腕からアスヤの手の温もりが消えると、彼は急に敬虔な心境になり、ホージャ一族の棺に向かって手を合わせた。

　しばらくすると、アスヤが戻ってきて、

「私のアルバイト先の旅行社の女《こ》を通して、車の手配ができたので、明日、モルトム（莫爾仏塔）遺跡を見学することにしましょう」

と言った。史樹はカシュガルの歴史にはさほど興味がないが、来る前に少し予備知識を仕入れていたので彼女の好意に感謝した。

「有り難う」

「カシュガルは昔は仏教が盛んだったんだけど、今はほとんどなく、わずかに痕跡を留めているのが二ヶ所ある程度なの。日本人は仏教徒が多いのでしょう。史樹も仏教徒」

「ああ、僕は死ぬ時は仏教徒さ」

「仏教を信じていないの」

「そんなこと考えたこともないよ。そりゃ、お彼岸には先祖のお墓にお参りするけど。それでも忙しい時は行かないよ」

「日本人は葬式をお寺さんにお願いして、結婚式は教会で挙げたりするのね」

アスヤはそう言った後、ホージャ一族の棺の前でなんと不謹慎なことを言ってしまったのかと自分を叱責したような表情をして、口に手をやった。

墓廟の外に出ると、アスヤは日本人らしい観光客に、記念に史樹と一緒に写真をとってもらうことを依頼した。二人だけで写真に収まることは、日本ではなかったことである。史樹は、記念にとは言っても、アスヤが自分に好意を抱いていることを確信した。

アスヤは墓廟の正面に向かって右側にあるイスラム墓地を指さして言った。

「ここに私の父が眠っているの」

「じゃ、今はお母さんと一緒にいるの」

「母も父より少し前に亡くなった。姉はウルムチにいるので、今は一人で住んでいる」

アスヤは墓地の方を見てぽつんと答えた。このイスラム集団墓地の一角に彼女の先祖の墓地があり、祖父、ムヒタルと父、アブドラは同じ場所に、祖母、アイグルはそこからほんの少し距離をおいて埋葬されている。しかし母、李宝瑜の遺骨はない。彼女は観光客を案内する時、いつも李宝瑜の遺体が荼毘に付されたシーンが生々しく甦り、悲しい気分に陥るが、カシュガル唯一の旧跡名所といってもよいこの場所を省略する訳にはいかない。

アスヤの話を聞いて、史樹は彼女が夫と離別した後、両親を亡くして今は一人で暮らしているという確証を得たので、少し間あいを見計らって、自分の意思を伝えようと考えた。

「じゃ、お父さんもお母さんも亡くなったの。日本にいた時は健在だと聞いていたのに」

「アメリカにいた時、母は癌にかかり、父は脳梗塞で倒れたの。私は母の方が重病だったので、看病のため上海に飛んで行ったんだけど、でも母は助からなかった。母が亡くなるとすぐにカシュガルに戻ってきて父のリハビリに付き合ったの。父は一時的によくなったけど、この一月に亡くなってしまったのよ」

「一人では寂しいね」

「もう慣れたわ。それにここは私の生まれ故郷だし。今はリフレッシュ中よ。色々な出来事を洗い流すいい機会よ」

史樹はアスヤがカシュガルを離れる気持ちがあるのかどうか聞き糺したい気持ちにかられたが、それを自制するように会話の流れを継続させることに努めた。

「生活に充実感がある」

「自分でも意外なんだけど、今までのような波乱に富んだ生活とは違った充実感があるわ。でもあのころに比べて私も随分おばあさんになってしまったでしょ」

アスヤの顔を見つめると、その言葉は彼女の自信の裏返しのように聞こえた。四年半の歳月を経ても、容姿にはほとんど変化がなく、むしろ以前より闊達に見えた。アスヤを取り巻く時空の流れは緩慢であるようにも思えた。

「君は全く変わっていないよ。僕の方こそ、随分老けたよ」

「史樹はそのままよ」

「それでは僕は馬鹿ということになるか」

「じゃ、私も莫迦ね。お互いに三十歳を少し越えているのにね」

二人は互いに顔を見合わせて笑った。


アスヤは、いつも心が沈みがちになるこのイスラム墓地の前で愉快になっていた。史樹のことだから、自分が夫と離別してカシュガルで暮らしていることは人伝てに耳にしているであろうし、わざわざ訪ねてきたのは、自分にプロポーズするためではないかと容易に推察しえないわけではなかった。しかし、文化や習慣の違いがもたらす悲劇と葛藤をすでに経験しているため、史樹の滞在中を最高の気分で過ごすことだけに心がけようと自分に言い聞かせた。

香妃墓を参拝した後、アスヤは街に戻って史樹がラバーブを購入するための店を紹介した。この店は工場で楽器を作り、直接販売しているので、一般の店よりも品揃えがよく値段も高くない。市場経済の導入によって、民族楽器の分野でも販売競争が激しくなっている。アスヤは手ごろな値段の楽器の一つ一つの音色をチェックし、その幾つかを彼の前に差し出した。小学生の頃にバイオリンを習ったことのある史樹は自分で再び音色を確かめ、その一つを購入し、日本に郵送してもらうことにした。

郵送の手続きを済ますと、アスヤが史樹を夕食に招待するため、レストランに案内した。レストランは史樹の宿泊している其尼瓦克賓館からバスが何台も停車できるほとの広場を挟んで目と鼻の先にあった。アスヤの話によると、ここが郷土料理と中国料理を食べさせるカシュガルでは最も高級なレストランであるとのことである。中は広く、清潔なクロスがかけられた幾つものテーブルが整然と並んでいた。アスヤは色々な品をウェイトレスに注文しようとしたが、史樹がそれを制した。アスヤは驚いて、

「そんなに値段は高くないし、カシュガルでも客人には食べきれないほどの品揃えをするのが習慣よ」

「僕はおかしいと思うな。アスヤは日本にいる頃、食べられるだけしか注文しなかったろう。多分アメリカでもそうじゃなかったの」

「そうね。でも少ししか注文しなかったら、ここのウェイトレスに変に思われるよ」

「それでいいじゃないか。ついでにビールとワインも注文すれば」

「じゃ、そうしましょ」

日本語での会話が全くわからない碧眼のウェイトレスは、愛くるしい表情を浮かべてにこにこしていた。アスヤは先ほどより少し控えめにカシュガル特産のシシカバブと中華料理三品を注文し、他にワインボトルとビール二本を付け加えた。

料理の前にビールが運ばれると、二人は再会を祝って乾杯した。

「日本のビールとは味が違うけれども咽が乾いているからおいしいよ」

「史樹と二人だけで食事をするなんて今迄なかったものね」

「そうだね。記憶にないな。日本ではいつも研究室の連中と一緒だったからな」

シシカバブが運ばれてきた。十本以上ある。史樹は箸で串から羊肉をはずして唐辛子風の調味料を振って口に入れた。美味である。

「日本はどう。日本人観光客の話だと、随分不景気なんだってね。私がいた頃、すでにバブルがはじけて景気が下降気味だと言われていたけど、まだ円高だったでしょう。それが最近は円安不況なんでしょう。でも観光客を見る限り、不況とは思えないんだけど」

アスヤにそう問い掛けられると、史樹は頷きながら、

「いや、本当に不況なんだ。それがまだ先が見えそうにないんだ。僕もアメリカにいる時には円安が報道されても全く解らなかった。アメリカは好景気だし、帰ってきて初めてそれを実感したんだ。不況で学生の就職にも響いているんだ」

そう言って、グラスに半分残っていたビールを飲み干した。

史樹はそうは言ったものの、貿易収支が必ずしも良好とはいえず、国民一人当たりの蓄えが少ないにもかかわらず、消費流通の円滑さで維持されている米国の好景気に日本政府が右に倣えをして、国民の消費を煽るだけでは危険極まりないと考えている。日本では史樹の留学前と後では物価が下がり気味で、飲み屋での支払いも少なく済んでいる。消費が円滑にいかないのは、百貨店やスーパーでは新製品が溢れていても、すでに持っているものと代わり映えがせず、消費意欲が湧かないからであるというのが彼の持論である。


現在の日本の不況を、十九世紀の終わりから二十世紀初頭に花開いたサイエンスの応用が少しずつ限界に近づいているからだと史樹は考えている。この間に、X線やラジウムの発見、量子力学や相対論の提出がなされ、それらが二十世紀後半の産業に画期的な貢献をしたことは周知の事実である。

史樹は自分の学徒としての才能は取るに足らないことを自覚しているものの、二十世紀半ば以降のノーベル賞の対象となった研究もそれ以前の研究と比較するとレベルダウンは否めないと思っている。これは、事象の正確な解析と事象の偉大な予言とは本質的に異なるからである。そのことは、ノーベル賞の受賞者自身が一番感じていることだと考えている。二十一世紀に今の基礎科学の枠をブレイクスルーするような研究が提示されないかぎり、消費を長期にわたって円滑的にそそるような産業は生まれてこないと信じている。

歴史が初めて経験するこの種の経済停滞が、先進国の中で先駆けて日本で顕在化したのは、二十世紀半ばまでの目を見張るような基礎研究を、民生産業に取り込むことに最も成功したのが日本であったからだというのが史樹の持論である。しかしその一方で、彼は自然科学を研究しているにもかかわらず、そのブレイクスルーがこれからの人類の将来にとって好ましいかどうかは全く別問題であると考えており、常々ジレンマに陥っている。

しかしそうは言っても、史樹は日頃、サイエンスの功罪を頭に置いて研究しているわけではない。能力もない自分が助手に採用してもらえたのは、下手の横好きとしか言えないパワーだけであると信じている。彼は量子力学の成立の歴史や量子力学を成立させるための公理とも思える仮定を認めようとしなかったアインシュタインの意地や、彼がマッハ力学をもとに特殊相対性理論を考えつくまでのプロセスを仲間たちと酒を飲みながら語り合うことも珍しいことではなかった。その時アスヤは同席しても、現在の専門とはかけ離れた内容に、グラスを傾けながらぼんやり聞いているだけであった。

史樹はアスヤの削げたような鋭利な相貌を見つめていると、まだ彼女と自分がまだ大学院生であった時のことを思い出した。それは、大学のキャンパスの樹々が色づいた葉を全て落とした初冬の寒い朝であった。その日、史樹が定刻より少し遅れてやってくると、隣の席のアスヤはすでにやって来ていたが、席を外していた。机の上にはノートが広げられていた。何気なしにそれを覗いてみると、そこには計量テンソルを用いて弾性体の曲げ特性が表示されていた。

アスヤは材料力学に用いるテンソル解析には精通していた。彼女はラグランジュ座標やオイラー座標において随動微分や随動積分を敢行し、材料の力学特性を時間の関数として表示することを苦にしない。大抵の学生は直角直交座標の理解は吝かではないが、直交座標になると理解が怪しくなる。

史樹がそれを眺めているとアスヤが手を擦りながら戻ってきた。

「随分難解な計算をしているんだね」

「粘弾性材料の曲げ特性についての計算をしているの。実験の方は手伝ってね」

「ああいいよ。僕も興味があるから」

「二週間位後にお願いするわ」

「でもこの計算は、君の前の専門である繊維に適応するのは難しくない。異方性を表示できる粘弾性の理論にモデルを導入した計算例がすでに提出されているかどうかは解らないが、僕個人は見たことがない。僕はただ対応の原理を用いて、弾性コンプライアンスか弾性スチィフネスを複素表示で置き換えている論文ぐらいしかね」

「そうね、私が計算している曲げ素材も等方性の系に過ぎないわ。別の計算では、材料に外部から正弦波の刺激を与えて、結晶の歪みをX線で観測するための式を提示しようとしているの。この場合、異方性体である結晶は完全弾性体とし、粒界領域が粘弾性体であるとし、それらが互いに連続的に貼りあわされていると考えている。この場合、X線的に観測される結晶の歪みは、完全弾性体であるにもかかわらず、外部刺激に対して見掛けじょう時間遅れを示すの。でもこの時、粒界領域は等方性であると仮定している」

「この曲げ特性の計算に用いられているテンソルによる表示法は、一般相対性原理を記述する手法と極めて類似しているね」

「それは随分高邁な話ね」

「この前、皆とパブに行った時に話題にした特殊相対性原理は高校の数学のレベルだけど、出てきた現象が当時余りに突飛だったので、本当に正しいかどうか疑われ、このテーマではアインシュタインはノーベル賞を貰っていない。だけどここで用いられているのは、一般相対性原理に用いられた数学的表示に類似していて、相当数学の理解がいるね」

　そう言って、史樹は彼女のノートに書き込まれていた一つの数式を指さした。それは曲面テンソルの内的及び共変微分より誘導されるリーマン・クリストフェルのテンソルである。

「中国ではよい実験装置がないから、どうしても数学的な記述を優先した研究が中心になるの。でもそんな高邁な研究にテンソル解析が使われているのね」

アスヤはそっけなく言った。彼女は工学的な手段として高い知識を習得し、自分の研究に関係する知識の習得には極めて熱心であるが、学位論文を早急に仕上げようとして、横道に逸れた分野にはほとんど興味を示さないのが常であった。史樹の方は、横道に脱線するのが日常性を帯びており、教授から注意を受けることが、助手に採用されてからでも一度や二度のことではなかった。

リーマン・クリストフェルのテンソルは一般相対論においては重力の勾配に関係する量であるが、これは材料力学や流体力学等の工学の分野でもよく用いられる曲率テンソルである。

学生時代を振り返って色々なことを思いだし始めると、史樹はアスヤが今何をしているのか訊きだしてみたくなった。

「今何を教えているの」

「日本の高校程度を少し越えた程度の物理をね。日本にいる頃は、研究に慌ただしかったけど、今は研究は何もしていない。出来る環境でもないから。教えることも、一生懸命になると充実感を覚えるわ」

「日常がスムースな証拠だね」

「そう、しかもここが私の生まれ故郷だから」

アスヤはホージャ墳での言葉を再び繰り返し、屈託のない微笑を浮かべた。

史樹はアスヤがこのままカシュガルに住み続けることが、この地方の教育振興には好ましいとも思えた。自分が日本に連れて行くことが必ずしも好ましいことではないようにも思えた。奥田との会話が再び蘇ってくる。

しかし、アスヤを見つめると、その会話は色褪せていく。かつて大学院時代の彼女の官能的姿や彼女に似たヌードモデルが目の前のアスヤに重なる。自分は変態であるという意識に陥る。しかしその一方で、一緒に同じ目標を掲げて研究に打ち込みたいという気持ちも湧いてくる。

史樹はそれらを払拭するべく、再び先ほどの日本の不況に対する自分の意見を述べ始めた。

「僕のような人間がとやかく言うべきことではないけれども、二十世紀後半のノーベル賞受賞者の論文の、とても理解できないような難解な論旨の展開とその最終結果の素晴らしさに恐れ入って、自分が税金で食べさせてもらっていることに恐縮をしているが、それでも教科書になっている量子力学の提案者たちや相対性原理の提案者の研究のように、人間とは思えないような凄みは感じられない。消費を喚起するために必要な産業構造の長期的発展には、基礎研究においてあのようなブレイクスルーがないと駄目だと思うんだ。それがあると当分その遺産を食いつぶしながら産業は発展する。現在産業の中軸がアインシュタインの遺産であるように」

アスヤは史樹の「人間とは思えない」と言う表現がおかしくて声を出して笑いながら、

「じゃ、これからも大変だと考えているのね」

「そう、日本では不況について消費経済の活性化の立場から論じられているけど、そもそも日常生活でどうしても欲しいものがないんだ。もちろん贅沢を言えばきりがないけど」

「じゃ、カシュガルもそうだけど、アジアやアフリカの発展途上国は」

史樹は段々と話に酔ってきて、かつての恩師である奥田との対話を頭に浮かべつつ、彼の持論を展開し始めた。

「これは別問題さ。今、日本の話をしてたのさ。発展途上国では消費経済の底上げが必要だと思う。好不況は周期的に繰り返されるから、日本ではそりゃ、しばらくすると景気回復は起こると思うけれども、以前のような好景気は来ないような気がするんだ」

「以前のような勢いは、日本にはもう来ないと信じているの」

「日本だけの問題ではない。基礎研究におけるブレイクスルーがないと駄目だというのは、消費の活性化にその場凌ぎの対策を提言して飯を食っている人たちに対する僕の意見さ。ただし僕の考えは別だけどさ」

「では、史樹の考えは」

「僕は文明国と言われる国の産業のこれ以上の発展は必要かどうか疑っている。ここでの市民は低成長とマイナス成長に慣れるべきだと思う。極論すれば、遠い将来を見据えると、急な発展を必要としないから、人間の能力の格差が拡がっていくことすら否定したいんだ。人間の能力が平均化しながら少しずつ高まりさえすればいいとおもっている。だから、急務なのは人間が健康で長生きできる分野に関連する研究の発展だけじゃないかな」

これは史樹の持論ではないが、一考に値すると思っている奥田との対話をアスヤに投げ掛け、どのような反応が帰ってくるかに期待した。しかしアスヤはそっけなかった。

「じゃ、史樹のやっている学問なんか必要ないんだ」

その予期せぬ応えに彼は苦笑しながら言った。

「極論すればね。しかし、医学のさらなる発展は、さらなるハイテクを必要とするから、僕の理屈は成り立たないけどね。ただ人類が地球の支配者としての横柄な奢りを棄てれば全てが別の話になるんだが」

「例えば」

「例えば太陽の白色矮星化のごく初期段階にさしかかって、地球に陸上生物が生きていける期間が、仮にあと数億年余りとするなら、人類は他の惑星に移り住むような壮大な夢を今から打ち出してもいいような気がするんだ。静止質量の小さな、しかし人類が何十世代も生活していけるような大きなロケットをつくってね」

彼は日頃から不可能であると信じていることを、躊躇いを感じながら口にした。

「そのためには、手始めに火星の環境改善を行う意気込みがないとね」

「そう。でも仮に火星の地中に水が氷となって眠っていたとしても、少なくとも数千年はかかると思うよ。その時にはフロンガスのようなものが役立つかもね。それから生物の力をかりたり、人工的に空気を作り出したとしても、それが宇宙空間に逃げて行かないようにするには大変な工夫が必要とされるかもしれないけど」

そう言った後、史樹は、

「この発想も人間の奢りかもしれないが」

と付け加えた。しかし、史樹はこの奢りは現在の地球における人間の奢りとは別種のものであると確信している。

史樹は話をしているうちに、アスヤが自分との対話に極めて腹を立て、くってかかってきたことをふと思い出した。それはアスヤと一緒に実験をしている時に、彼が「地球に人間のような知能の高い生物が出現したことが、地球全体にとって不幸なことであった」と言った時であった。この時アスヤは猛烈に反発したが、彼は反論しなかった。

当時アスヤは、史樹がこのような馬鹿げた話を持ち出したのは、小説の話などしたことのない彼が、二冊の本を実験中に熱心に読んでいるという奇妙な現象と関係があるのではないかと思った。

史樹は実験が済んでもデータ整理をせず、小説に齧り付いていた。その小説は一冊は厚く、もう一冊は比較的薄く、黒い厚手のカバーに白で『死霊』と書かれていた。卒業研究と大学院の一年間お世話になった奥田から、自宅を訪問した時、「読んでみては」と言われて手渡された小説である。奥田に薦められて貸りうけた以上、目を通さないわけにはいかず、ページを捲っているうちに、興味を覚えた本である。

アスヤは、日頃後輩に向かって「実験中に漫画を読むな」と注意している史樹が、実験中に小説を読んでいたので、よほど面白いことが書いてあるのだろうと、彼が席を外している時に、そっと覗いてみた。少々日本語に精通している程度では、何が書かれているのかさっぱり理解しがたいものであった。史樹はアスヤに「どこがおもしろいのよ。こんな訳の解らない本」と言われたことを、はっきり記憶している。

史樹がこの本に興味を持ったのは、熱力学第二法則を無視したところから出発している点であるが、一方、彼はその作家、埴谷雄高の自然科学に関連する記述事項の正確さには感心したことを記憶している。彼は自分でもその本を購入し、借りた本は奥田に返した。

アスヤが日本を去った後、彼は米国に留学中にその本の続編が出れば書店にキープしてくれるよう頼んだ。彼が米国から帰国すると、偶然にもこの作家が深夜のテレビ番組に登場しているのを見た。この偶然が彼には奇遇に思われ、その深夜番組が再放送で、数回にわたって放送されるのを知ると、いつもより少し早目の帰宅をした。

番組の中でその作家は、子供をつくらなかったことに取り立てて説明を加えていなかった。しかし史樹には、知的生物の存在が地球への冒瀆であるという作家の信念に基づいていると思えてならなかった。しかし写真技術にも長けていたその作家が晩年になると、ベンチに腰を下して屈託のない笑いをしている若い男女を写真に収めている一コマが紹介されると、この矛盾は、おそらく『死霊』の中で、「悪」と「暴力」に徹底的に立ち入らなかったこの作家のヒューマニティーに帰着されると確信した。

史樹はこの深夜番組を見てから、鎌倉や京都の五山の僧が妻帯しない伝統の真意は、何も禁欲のためだけでないと考え始めるようになった。その隠れた教養は、文化活動を行う人間である自らが、他の生物《いきもの》の犠牲の上に生存する罪深い生物であることを認識し、自らの子孫を残さないためであるように思えた。しかし他者に対しては、いったん生を受けたら、何人も人間に生まれた偶然に感謝し、人類の滅亡を招かぬよう修業しながら子孫を残していってもらいたいとする苦汁の選択であるように、彼は受け取っている。『死霊』が執筆され始めた頃、イデオロギーは行動においても、文壇や論壇においても華やかなりし時代であった。むろん、史樹の生まれる歳月の遥か向こうにある。しかし、作品の中に登場する人物は、ドストエフスキーの描く人物像ほど徹底しておらず、そのためかえって、作家の根底にあるヒューマニティーがどこか感傷性のある哀切な響きとなって若い史樹の心と共振する。

歴史好きの史樹は、その時代背景を認識しているつもりでも、作品のロジックがよく理解できない。恐らく長い休筆中に、作家の予想を越えるスピードで時代が激変し、作家の発想が、あらゆる既成の価値体系を超越した宇宙次元の「虚体」や「物体の呻き」へと転換していったにもかかわらず、それを小説の中で展開していくには、すでに登場させた人物では無理が生じてしまったと史樹は考えている。その作家自身もそれを認識していながら、その延長線上にそれを追及していこうとしたに違いないと史樹には思われてならない。けれどもそれをかろうじて可能にしたのが、冒頭の熱力学第二法則の無視と、休筆前に、ひとまず主人公を白々と厚い霧の拡がる中に消してしまっていた幸運に帰着すると史樹が感じ取ったのは数回読み返した後である。

史樹は休筆前の作家の「自同律の不快」では、パンと自由においてキリストを否定するイヴァン・カラマーゾフを生み出した作家と同じ範疇に留まっていたと考えている。しかしニュートン力学の次元であった自らの価値体系を、晩年の作家は、全ての物理法則は一般座標変換に対して共変な形式で書き表わされねばならない。平たく言えば、どんな座標系を基準に選択しても、全く同じ形式で書き表わされねばならないという一般相対論の次元にまで普遍化することを文学の世界で試みている。そこにおけるキリストや釈迦は人間としての摂理を批判されており、これは、文明社会に汚染された人類への作家の愛と警告であると史樹は受け取っている。

「何を考えているの」

アスヤに声をかけられて史樹ははっと我に帰った。アスヤとの話の中で、大学院時代の一時期に夢中になった『死霊』のことを思い出し、酔いが手伝って、ついそのことに神経を捕らわれていたのである。カシュガルはそれを思い出させるほど、気分にゆとりを持たせる悠久の雰囲気がある。

「昔のことをつい思い出してしまってね。アスヤが実験中にくってかかってきただろう。僕が変なことを言ったって。あの頃、実験中にも小説のことが頭にあってね」

「当時、史樹が珍しく研究を忘れたように読んでいた本のこと。それまで史樹は実験中に漫画を読むなと後輩に言っていたでしょう」

「ああそうだったな。しかし僕も漫画は大好きなんだ。あの作家は少し前に亡くなったんだよ。アスヤが日本を去ってからも数章を書き残してね」

「未完に終わったの」

「そう、未完と言うより結論の出ない題材だから、いくら頑張っても同じさ。ひょっとすると遺稿が出てくるかもしれないが、この作家が出版までに何度も推敲を重ねている姿がテレビに映し出されたのを見ると、終章までの遺稿が推敲途中の遺稿であれば、世に出されても何の意味もない」

「そんな意味のないものを、なぜ史樹は一生懸命読んでいたの。私は史樹のいない時、ちょっと覗いてみたのよ。何が書いてあるか興味があって。でも何が書いてあるか全く理解できないのよ。あの頃の私は、もう日本語の新聞を読むのに苦労しなかったのに」

「僕はある点に興味を覚えたのさ。例えば純粋な自然科学をやっている者は、論文を英語で書くだろう。そしてくだらない内容でもそれは大まじめに取り組んだんだから世界の研究者に自分の意見を正確に伝えようとする。このため、文章の美しさは抜きにして、論点をはっきりさせ、何度も同じ言葉で主張点を訴えようとする。その際、言語に美しさを持たせろといっても、母国語でない言語ではしょせん不可能なことなのだ。ところが文学者や社会科学者の文章は極めて難解で理解の外にあることも多い。この作家も何だか訳が解らない場面を設定したり、言葉の難解さはあっても、人物の具体的行動で自分の思想を世に問うことをしたのさ。抽象的な内容の論文や評論ではなくてさ。その点がすごいと思うんだな」

史樹はこの作品は単なる極く一握りの文学愛好者だけでなく、自然科学を学んでいる同世代の人たちにも読んでもらいたいと考えている。彼はこの本を紹介してくれた奥田への感謝は多大である。

「あの作家は釈迦やキリストにまで批判を加えていくのさ。でも現時点で、最終結論を無理にその作家に書かせ、世に出させると、作品の価値が下がってしまうと判断した宇宙創造の神が、作家に『ご苦労さん、よく頑張ってくれた』と静かに息を引き取らしたんじゃないかと僕は想像するのさ」

「ムハンマドは登場する」

「いや出てこない」

「あなたの宇宙創造の神とは」

「矛盾だらけでしかも門外漢の僕にその質問は少々きついな。でも、もし宇宙というものが極めて短時間に、超高温高密度状態から偶発的に特異点を持たない状態で創造されたとし、その駆動力がトンネル効果であったとしても、無から有を起こさせたのはというと、それは宇宙創造の神じゃないかな。少しロマンチックになりすぎてるかな。量子論の不確定性原理によれば、真空中で素粒子が仮想的に生成と消滅を繰り返しているのは常識であり、ある学者によると、仮想宇宙では、時間、空間、エネルギーは短い時間の中で揺らいでいたとされている。しかし仮想宇宙から今の宇宙が生まれなければならない必然性や、なぜここに宇宙が存在しなければならないのかを、逆に物理学者に問い掛けてみたい気もする」

史樹が『死霊』に結論が出ないと言ったのは、晩年の作家の「自同律の不快」が、ニュートン力学から演繹された科学的決定論から脱却し、同時に粒子の位置と速度を予測できないという「不確定性原理」の域に達したからであろうと、自分なりの答えを見いだしたからである。特に話題にした第七章は、すでに十数年前に文芸雑誌「群像」に掲載され、最後の章となった「虚体論」だけが、アスヤが去った後の九五年に掲載されている。しかし学生時代、自然科学に没頭していた彼はそれを知らずに、書店で購入した再版本を最初の出版物だと誤解してしまったのである。

アスヤは学生時代が懐かしくなったようで、史樹がどのような感じで研究しているか訊いてきた。

「史樹は今何を研究しているの。前のテーマを続けているの」

「いや、新しいテーマを江島先生に見つけろと言われたので、今は新しいテーマで研究している。でも江島先生から貰った前のテーマも半分引き継いでいるので、それを研究している大学院生の指導も引き受けている」

「江島先生も立派な教授じゃない。自分の手伝いではなくて、史樹自身のテーマを見つけて研究しろと言ってくれたんだから」

「それはそうだ。もちろん、アメリカでやってきたテーマもしてはならないと言うんだ。アメリカの教授の亜流は自分の研究室にはいらないんだって」

「それは大変ね。猛烈で癇癪持ちの江島先生にそう言われたら」

「帰国してからの三ヶ月は生きた心地はしなかった。研究が進むように僕のテーマに大学院生を二人付けてくれているんだ」

「じゃ、そのテーマについては完全に独立させてもらっているの」

「とんでもない。二週間に一回、研究の進行度合いを報告しなくてはならないんだ。穿った見方をすれば、江島先生は必死に自分で勉強しなくても、耳学問で僕の研究の詳細が理解できる仕組みになっているんだ」

「そんな贅沢言えないんじゃないの。助手は教授の手伝いをさせられることが宿命なのに」

「それはその通りだ。確かに先生は僕より数段賢いし、研究費もかなり廻してくれるので有り難いよ」

「でも、毎日くたくたになるでしょう」

「そうでもないよ。助手に採用されてからは、昔、アスヤらと同じように、朝から晩までやっていたような実験は大学院生にほとんど任せて、少し基礎的なことをやっているんだ。僕が大学院時代にやっていた系でも、最近動力学的な取り扱いがますますさかんになって、常にある極限の状態においてのみ成立するスケーリング則が全面的に幅を利かしている。しかし僕にはその物理的な意味がいまいちよく解らないので、平均場の概念で説明できそうなところはそれで押し通すよう指導しているのさ」

「実験でなかなか証明できないような系はどうするの」

「今のところ、コンピューターシミュレーションかな。一つの目安をつけるために」

「以前のように大学院生と討論をしているわけね」

「そうあってほしいんだが、数年前の院生たちほど興味を持っていないみたいなんだ。書かれている論文の式を自分で誘導せずに、その結果だけを使いたがるのさ。だから勉強会を開いて基礎的なことを学習させることにしたんだ。ここに来る前、真空中でのマックスウエルの方程式の解を極座標を用いてベクトルポテンシャルとヘルツベクトルを導入して解を求めさせても、いやいや演習させられている気分になっているんだ」

「史樹は皆に親切だものね。私が学位を貰った時、江島先生が史樹のおかげだから、感謝しろと言ってたわ」

「いや、大したことしていないよ。僕も勉強できたんだから」

そう言いながらも、史樹は今まで感じたことのない感激を覚えた。一年間学位の取得を遅らされたという心の中の江島に対する引っかかりは吹き飛んでしまった。史樹は、江島が急に人格的にも立派な大きな人物に思えた。癇癪持ちですぐに怒鳴り散らす江島に皆が付いていくのは、人の心を掌握する能力が生まれながらに備わっているからだと思ったが、しかし徹底した彼の強者の論理には、いくら感激してもまだしっくりしないものが史樹の心の底辺で横たわっていた。

史樹はアスヤの研究内容が面白いと思えば、自分の学位の研究をそっちのけで時々それを手伝うことがあった。他の大学院生に対しても同じであった。しかしそれは単に彼のお人好しの性格によるのではなく、他人のテーマでも興味が湧いたらそれを自分も知りたいという彼の研究者としての精神に由来している。

このため史樹は、動力学的取り扱いで、例えば高分子電解質溶液中での、分子鎖の挙動を研究するような化学の分野にまで、繰り込み群の操作による評価が近い将来中心課題になりそうな報告がなされていることも理解している。しかし工学の分野で将来の道を開こうとしている史樹には、それは興味のない脱線で、彼の脱線範囲は一般相対性理論と等価原理との関連のような歴史的物語である。史樹が演習させたマックスウエルの方程式は点電荷とみなせる荷電粒子が散在する系で、これは卑近な実学として理解する必要があるからで、相対論との関わりにおいて理解させようとするものではない。

ビールが二本とも空になり、ワインを口にしていた史樹は、旅の疲れもあってかなり酔いがまわっていた。飲んで話に熱中していたので、テーブルには注文した料理のほとんどが残っていた。空になったのはビールとワインだけである。

「もったいないから食べてしまおう」

といって箸をつけ始め、アスヤにも食べるよう促した。アスヤは少し箸をつけると、

「お腹が一杯だわ」

と箸を置いてしまった。

「明日の朝食の分も腹にしまっておこう」

「無理すると体に悪いわよ」

史樹は黙って皿の料理をたいらげると、アスヤの皿にシシカバブがまだ半分残っていることに気付いた。

「それぐらいは食べてしまえよ」

「お腹が一杯と言ったでしょう」

史樹はアスヤの前から串をとり、箸で羊肉と野菜を串から外すと、それを口に入れた。

「食べ残しよ」

「アスヤの残した物だから美味しいよ」

アスヤは、にっこり微笑んだ。史樹はその微笑を見て、自分の愛の深さを感じ取ってくれたと思い嬉しかったが、しかしアスヤの椅子に背を凭れている様子から、先ほどの対話と自分の行動との関わりを思い浮かべるには酔いが回り過ぎていると思った。


アスヤは学生時代に時間の針が逆もどりしたこの状況がカシュガルで日常性として流れて欲しいと思っていた。史樹がカシュガルに留まってくれる可能性がない以上、史樹がイスラム教徒であれば一緒に日本について行きたいという想いが、酔いとともに脳裏をゆっくりと浮遊していく快感を噛みしめていた。

レストランを出た時、暑さは和らいでいた。ホテルの広い駐車場では、西洋人らしい観光客の団体が大型バスを降りようとしていた。カシュガルではあまり見かけないレストランのネオンサインが際立ち始めた。

「いつ帰るの」

「明後日の朝早く」

「そんなに早く」

「最高のかたちで帰れるといいんだが」

この言葉を聞いて、アスヤは史樹が自分を日本に連れて行く準備のため、わざわざカシュガルにやって来たことに間違いはないことを確信した。

アスヤは彼が民族の風習や宗教も一切考えていないのではないかと思い、少し意地の悪い質問をしてみたくなった。

「釈迦の教えを信じている」

「どんな内容か知らない」

「でも史樹はお盆にはいつも研究室に来なかったじゃない」

「ああ、一家をあげて先祖の供養をするため、お坊さんに来てもらって、お経をあげてもらうのさ」

「それごらんなさい。教えに忠実なんだから」

「でも、お経の内容なんか解ってないよ。たいして気にも留めていないから」

「じゃ何考えているの」

「亡くなったおじいさんやお祖母さんのことさ。褒められたことや叱られたことが色々思い出されるのさ。でも忙しいときは、そんなこと考えていないよ。不謹慎かもしれないが、明日しなければならないことを考えているんだ」

「じゃ、忙しい時には参加しなければいいんだ」

「そうはいかないよ。お坊さんも来てくれているし、口うるさい両親も熱心だし。それに一年に一回の行事を休むと何となく気持ちが悪いんだ」

「それでは仮に奥さんが違う宗教だったら困るんだ」

アスヤは李宝瑜の臨終の言葉を思い出して語意を強めて詰問した。


史樹はどきっとし、応えに窮した。日本を立つ時、そんな質問を受けるとは考えだにしなかったことである。

アスヤが日本に来た当初、豚肉を口にした際の打ちひしがれた表情は、史樹にとってショッキングな出来事であったにもかかわらず、彼女が外国人であるという感覚は忘却されようとしていた。

アスヤ程度のエキゾチックな相貌は日本人の中にも見かけないことはない。両親に紹介しても違和感はないはずだ。しかし自分をこのような感覚にしたのは、「アスヤが出来るだけ日本人社会に溶け込もうと努めたからにほかならない」と気付いたのは、彼がカシュガルに来て彼女と再会してからである。彼は殺し文句を選ぼうとしたが、名言が浮かばなかった。

彼は米国留学中に知ったプロテスタントとカトリックとの結婚が皆無であることが頭に浮かぶと、自分の率直な意見を述べ、その結果、この話が壊れてもしかたがないと覚悟した。その考えは、米国を経験したアスヤも同じであった。二人は妥協点が見つからないまま、心の中で葛藤を繰り返していた。

「僕は日頃宗教なんて気にも留めていないので、どうでもよいと考えている。でも結婚する相手とは死後も一緒にいたいと願っているので、自分の先祖が眠っているお墓に絶対に入って欲しい。死は全てを無に帰する自然の摂理であり、来世を信じない僕でも、遺骨は一緒に並んでいたい。たとえ誰もお参りしてくれなくとも。そこが仏教のお寺でも、それは宗教の次元ではない」

アスヤの方は、「それも一種の宗教じゃない」と言いたかったが、史樹の言葉は明らかに宗教とは無関係な自分に向けられた愛の告白であるように思えた。しかし、自分の両親や自分の辿ってきた過去を思い浮かべると、それは大きな障壁となって彼女に立ちはだかってきた。

アスヤが沈黙してしまった。史樹はアスヤが来日当初、豚肉を吐き出したのを思い出し、「まずいことを言ってしまったかな」と自戒して空を仰いだ。空には星が鈍い光を放っていた。その時ふと奥田の家を訪問したことが脳裏を過ぎ去った。「先生は、埴谷雄高の影響を相当受けているな」と史樹は呟いた。彼は何か大きな発見でもしたかのような充実感に浸り、先ほどの自戒の念は霧散してしまった。彼は思わず駆け出した。アスヤも自分のもやもやを振り払うように、

「どうしたのよ、急に」

と笑いながら彼の後を追った。

八

翌朝、アスヤがジーンズ姿でホテルのロビーで待機していた。上から二つ目までボタンが外れており、胸元から灰色の薄く透けたブラウスが覗き、その奥からアスヤの白い肌が透けて見えた。

ホテルの入口には車が止まっており、中には大柄で多少太り気味の運転手がいた。黒塗りの立派な大型車である。アスヤの説明によると、この車は九十年にイランの大統領が、九一年にはマレーシアの大統領を迎えた時の送迎に使われたそうで、この様な立派な車はカシュガルでこれ一台とのことである。普段は少人数の観光客の案内に使われるそうで、アスヤが臨時に少人数の日本人客のガイドをする時はいつもこの車を使っているとのことである。アスヤが昨日ホージャ墳の墓廟で若い女性に手を振って近づいて行ったのは、今日この車を一日借りることができるかどうかを尋ねるためであった。

車がカシュガル市内を出ると、少し農作物の緑が続いていたが、それを過ぎると草木が所々にしか点在しない砂漠の様相を帯びた視界が広がり、次に緑が現れるとそこは小さな町であった。朝市が開かれているようで、近くでとれた野菜類のほかにシーズンを彩る西瓜、桃、葡萄等の果物が荷台や地面に敷かれた敷物の上で売られており、その周りには数人の買い手が品物を覗きこんでいた。

住まいは、ここでも日干し煉瓦と土でできた貧弱な造りであるが、女性の民族衣装はカラフルで薄絹のスカーフで頭部を覆っていた。住まいとは明らかに異なる工場らしい建物も幾つかみられたが、それらは民族衣装や木工の工房である。次に通った町も同じような町並みである。しかしそれを過ぎると行き交う車にすら出くわさなくなった。あたりは完全な砂漠であるが、時折少量の雨が降るらしく微々たる雑草の緑が目に飛び込んでくる。

しばらくすると突然道路の中央を横切って、掘り起こされた砂が数十メートルにわたって積み上げられていた。そこを避けて通ることができないらしく、運転手はそこに速度をあげて車を突っ込ませた。けれどもすぐに窪みにタイヤをとられ、車輪は空転するだけである。車をバックさせることもできなかった。運転手の要望で史樹とアスヤは車を降り、運転手だけでそこを乗り切ろうとしたが、窪みは深く車輪は空回りしている。史樹は無人の砂漠のトラブルに少々恐怖を覚えた。

史樹はやや大きな石を探してタイヤの下に置こうとしたが、周りは砂ばかりである。三人で車輪を窪みから引き上げる方法は、そこに砂を運んで踏み固める以外にない。彼は手で周りの砂をすくって運び始めた。アスヤと運転手もそれに続いた。よくみると砂漠にもプラスチックのボトルや紙パックが至る所に散在している。ドライバーたちが棄てたに違いない。この光景は蔑むべきであるが、砂漠の中でトラブルに出くわすと、それらのゴミが彼に安堵感を与えた。

心細さがとれると、史樹はアスヤとともに不毛の中での緩慢な時間の流れを楽しむように砂を集めてきては窪みに埋め、それを足で固めた。掘り起こされた砂は日数が経っていないせいか、多少湿気を含んでいるかのように、ふわふわした感じさえする。窪みが埋まると、史樹はアスヤを介して、運転手は自分より相当重く力もありそうなので、自分が運転するから、アスヤと二人で車の後押しにまわって欲しいと伝えた。彼は急に不機嫌になった。どうも同意しないらしい。やむなく史樹は、アスヤと一緒に後ろから車体を押すことにした。

幸いなことに車は窪みを抜け出し、運転手は一気に五十メートル位先まで車を走らせた。照り返しのきつい中で、二人は駆け足をする気力はなかった。極度の乾燥のため汗はほとんどかかない。アスヤの話だと、道路上に積み上げられた砂は、恐らくクチャとカシュガルを結ぶ鉄道のレールを敷くために掘られた土を道路上に放置したものだということであるが、自分もこの夏この道路を通るのは初めてであると言った。

車の中で二人がぐったりしていると、土の塔が右手に見えてきた。モルトム遺跡である。塔と言っても風化が進んで、土がただ高く積み上げられているだけで、塔らしい形状は留めておらず、言われてみないと、これが塔であることは恐らく観光客には識別できない。車を降りて、史樹とアスヤは砂漠の中を歩いて行った。運転手は車の中で待機しているので、訪問客は二人だけである。アスヤの話によると、かつてここには大小様々な伽藍が立ち並んでいたが、イスラム教徒との戦いに破れ、徹底的に破壊つくされてしまったとのことである。

八十余年の歳月の彼方にカシュガルを訪れた大谷探検隊の橘瑞超は『中亜探検』の中で、過去何人もの探検隊が仏教遺跡の発掘にあたったが、目ぼしいものは何一つ見つからなかったと記し、その理由として、カシュガルの近辺では、イスラム教徒が攻め入って住民がイスラム教に改宗した後、全てを破壊してしまったからだと推測している。

けれども、バザール立国さえ保持できれば改宗に何の抵抗も示さず、隠れ仏教徒すらいなくなってしまったとすれば、中央政府に無言の抵抗を示し、ついにメッカ巡礼を勝ちとった同じ民族の先祖の行動とは多少理解しがたい面がある。むしろカシュガルを始めとする西域の自然環境や国の興亡の歴史的背景が中近東と類似した面があり、仏教よりもイスラム教の方が当時の住民に受け入れられやすかったと考えるのが自然ではなかろうか。これは現在社会を考えるうえでも、文明の衝突とその後の展開として検討されるべき問題であろう。これが、日本を出発する前に『中亜探検』を一読した史樹が、モルトム遺跡を前にして感じ取った印象である。

土の塔には、小さな洞窟があった。塔はなだらかな丘の上にあり、いま来た道の逆サイドは風化により崖になっている。時折、砂漠を吹き抜ける風が崖にあたって不気味な音をたてている。この不気味な不毛が、史樹を幻覚の世界に引き摺り込む。

剥き出しの憎悪の中で、首のない守備兵の死体が転がっている。伽藍の中で隠れ場所を見つけようと右往左往する人々が兵士に捕えられ、一ヶ所に集められる。仏僧たちは襟首を摑まれ、流血の見せ物として、ひとりひとり剣で心臓を突き刺され、信者たちは突きつけられた剣の前でしぶしぶイスラム教に改宗する。かけがえのない貴重な経文や仏像も血塗れの死体に混じって散布している。無数の放置された死体から流れ出た血は、大地に飲まれ、水分を蒸発させ、地下に閉じ込められた固形物が化学反応をおこして砂に帰る。そこには戦いを伝えた記念館も記念碑も無く、虐殺の後に不毛のみが支配する。

「神は悪魔なり」

思わず発した史樹の声が風音に掻き消される。数歩離れたところにいたアスヤにはむろん聞こえない。彼はアスヤに近づくと、

「伽藍があった頃、ここは砂漠でなく、オアシスであったに違いないね」

「多分ね」

「宗教はある意味で人間を狂わせる麻薬だ」

「突然何を言い出すの」

「昨日の話の延長さ。釈迦もキリストもムハメットも宇宙的立場でみた場合、人間という罪深き民に過ぎないことの証明さ」

アスヤはそれ以上何も言わなかった。


二人が車の方に戻ろうとすると、突然二人の男が後を追ってきた。顔つきをみると二人とも三十代半ばのようである。土の塔を一周した時には誰にも出くわさなかったので、彼らも時を同じく塔の周りを回っていたものと考えられる。

二人の男が激しくアスヤに抗議してきた。彼女はしばらく立ち止まって口論した後、車が止

まっている場所まで歩を進め、史樹に車に乗るよう指示した。彼が腰を下ろすと、アスヤと口論していた二人の男のうち一人が、運転助手席のドアを開いて体半分を中に入れ運転手にくってかかり始めた。これに怒った運転手を交え、口論は一層激しくなった。ウイグル語がほとんど理解できない史樹には何がおこったかさっぱり解らず、口論の原因をアスヤに尋ねたが、相手にされない。

二人の男の腰には民族ナイフが吊るされているのに史樹は気付いた。異なる考えを殺傷するシンボルのように思えた。一瞬の恐怖が頭を過ぎる。しかしそれを抜くほどまで事態は悪くないことは明らかである。それでも運転手と口論している男が万一ナイフを抜かないか心配になった。

アスヤと口論している男の方は、それほど気が荒そうではない。史樹は土産物を買うために持ってきたバッグの底に三十センチのステンレスの金尺が入っているのに気付き、バッグの口を開けた。この金尺は肩凝り症の史樹が肩を叩くためにいつも旅行に持ち歩いているものである。彼はそれをバッグの中で握り締め、万一に備えた。

口論はなおも続いたが、アスヤが財布から二十元を取り出して自分の口論相手に手渡すと二人の男は足早に立ち去った。訳を訊くと、この場所の観光収入はカシュガルとアトシの両方が折半することになっているらしく、アスヤは史樹の観光料金をすでに自分がアルバイトをしている会社に支払ったので、ここで支払うことは二重に支払うことになるということで口論したらしいが、詳細なことは史樹には解らない。けれども、例え砂漠の中とはいえ、観光客に挨拶もせずに突然現れてきて金を請求するのは史樹には腑に落ちない。しかしいずれにせよ、アスヤが自分のアルバイト先の観光会社に車の料金や拝観料まで支払って案内をかってくれたことに感謝した。

カシュガルのウイグル族は、アーリア、チベット、トルコ、キルギス等の血を引き多種多様であるが、アトシはキルギス族が大半を占めている。住民の気性は荒く、八十年には、少数民族の抗争の発端となった国防十一部隊との衝突事件がある。アスヤの話によると、カシュガルとアトシ間の住民感情はよくなく、同じキルギス族であっても、両都市の間での結婚は数少ないとのことである。人種が入り交じる米国でも同じ宗教を信じる同系列の民族同士の結婚が日常的であるが、ここでは血統よりはむしろ地域性による共同体意識が強いことを史樹は感じとった。

市街地に戻ってくると、史樹はアスヤと一緒に昼食を済ませた後、彼女の誘いのまま、エイティガール寺院に向かった。この寺院は一万六千八百平方メートルの敷地を有する西域最大のイスラム教寺院で、アスヤの祖父、ムヒタルと父、アブドラが金曜日にかかさず礼拝に来ていたところである。この辺りはカシュガル市の中心街になっている。黄色が太陽に眩い寺院の正門の前は広場になっており、この門を基点として広場の周りには土産物を売る店や果物店の他に、アイスクリームやジュースを売る店、それに民族音楽のカセットを売る店の屋台が列をなしていた。

広場を挟んで正門と反対側にはモルタル造りの電気器具販売店、書店、楽器屋、家具店、衣類店等が軒を並べていた。また正門から向かって右側には二階建ての、この街にしては大きなマーケットもあった。アスヤの家はこの広場からそれほど遠くなく、休みの日の買い物には便利で、日本や米国で生活を送った彼女にも高級品さえ望まなければ、日常生活に事欠かない。

エイティガール寺院は正門から礼拝堂までには少し距離があり、庭には樹齢の様々な樹木がほどよい間隔で植えられていた。広場を照りつける強い太陽光線もここでは木々の葉の間でフィルターをかけられて葉の中に溶けていき、柔らかい光線となって庭に木々の陰翳を映し出していた。庭は心地よい冷気に包まれ、広場から入って来るとひんやりとする。地面の所どころは、苔むしたような緑に覆われている。この寺院に観光案内人として女性が入ることはホージャ墳と同様問題がないとのことである。アスヤは首に巻いていたスカーフを頭に被り、一言、二言、入場料を徴収する初老の男と話を交わして料金を支払った後、史樹に中に入るよう促した。

この寺院は中央の礼拝堂とそれに向かって左右に建てられたミナレと白壁の建物からなっていた。この寺院がいつ建立されたかは定かでないが、何度かの焼失により、現在の建物はそれほど古くないことは見た目に明らかである。礼拝時間を避けて来たため、平日でも数百人の礼拝者を数えるこの寺院も、ゆっくり礼拝を済まして帰路につく少数の人たちとすれ違う程度である。

礼拝堂の中は日本人と西洋人の団体観光客だけであった。日本人観光客はアラベスクの装飾が施された説教壇の前に腰を下ろしていた。その前で観光客と向かい合った日本語の流暢なウイグル人の観光案内人が、イスラムの教義を説明し始めた。彼はイスラム教と仏教、キリスト教との違いを解説していた。彼はまたウイグル族をはじめとする少数民族の習慣とイスラム教との関わりについても説明を加えていたが、中央政府に批判的なことは一言も口にしなかった。最後にその男が、

「ウイグル人はイスラム教徒と言ってもパキスタン人のように教義にはそれほど厳格でなく、夜になると男たちは夜明けまで酒を飲んで宴会を続けることがしばしばである。しかしパキスタンでは酒は販売されていないし、観光客といえども女性はモスクに立ち入ることはできない」

と解説した。アスヤは顔見知りの観光案内人がそれを言ったので少々顔を赤くしたが、史樹は観光案内人の話には上の空であったので、「男たち」と限定した細かい説明はむろん聞き逃して

おり、アスヤが顔を赤くしたことにも気付かなかった。史樹はこの時点においても、イスラム教徒について知っている知識といえば、豚肉を食べないことと厳しい男女間の戒律だけである。日本人観光客が立ち去ると、礼拝堂は二人だけになった。西洋人団体客はすでに立ち去っていた。史樹はミンバルの前で正座した。壇のアラベスクの装飾が周りの無の中で浮かび上がっていた。アスヤも横に正座した。人けのない礼拝堂は広場の雑踏が嘘のように静寂であったが、史樹には先ほどまでの礼拝の熱気が空間を浮遊しているように思われた。彼は静かに手を合わせた。これを史樹のいつもの行動と理解しているアスヤは、それを黙って見ていた。史樹がお祈りをした後、立ちあがって庭の方へ向かおうとすると、アスヤもそれに続いた。

「史樹、あなたはイスラム寺院でもお祈りをするの。イスラム教徒になってもいいと考えている」

期待薄とは知りながら、最大限の期待を込めてアスヤが尋ねたように史樹には聞き取れた。

「とんでもない。日本でも外国でも敬虔な気持ちになると自然に手が合わさるのさ。僕は心の底では宗教なんて信じてないよ」

「でも死んだ時は荼毘に付され、先祖が埋葬されているお墓に入りたいのでしょう。もちろん、奥さんにも入ってもらわないと困るのでしょう」

アスヤの問いに、史樹は日本に行って一緒になれば、早晩自分の遺体が荼毘に付されるに違いないという恐怖感から、昨日の話を再び持ち出したに違いないと推察した。

「おいおいアスヤも僕も若いんだよ。もう死ぬのか。そりゃ死んだ後も家族と一緒に暮らしたいさ。特に自分の妻とはね。愛の証として。でもこれが人間、いや僕の矛盾かな。死ねば全てが無に帰し、あの世なんかないと思っているのにね」

「本当は天国に行きたいと思っているんでしょう」

「とんでもない。でもどんな来世に行きたいかと意味のないことを尋ねられれば、来世は殺生をしなくても生きていける世界であって欲しいが、生活は今生の延長でよいと考えている。一生懸命働けば面白い娯楽にありつけるが、そうでなければ今生と同じように生活にゆとりがもてない。そこで年をとって寿命が尽きれば、またその次の来世が待っているとね。僕は宗教に描かれている天国なんてまっぴらごめんだ。宗教を開いた聖者はトリックの才能に長けていたんじゃないかな」

アスヤはあっけにとられ、開いた口が塞がらないような顔付きをして史樹を見つめた。


二人はミンバルを背後にして庭の方を向いて再び腰を下ろした。心地よい風が吹き抜けていった。聞こえるのは木の葉が微風に揺れる音だけである。アスヤは急に眠気をもよおし、意識が朦朧となって史樹の肩に寄り添っていった。彼はアスヤの肌を肩に感じながら正門の付近に腰を下ろして礼拝堂の方を眺めているウイグル族の老人たちを眺めていた。

アスヤは、史樹がイスラム教徒であればなあという思いに浸っているうちに、短い夢をみた。その夢は「トリック」と言った史樹の言葉を引きずっていた。そこは博覧会会場でのパビリオンの中であった。スクリーンに立体映画が映しだされた。そこで彼女はスクリーンから飛び出す果物に身を捩ったり、悠然と空を舞う鳥と一緒に遊泳している気分になった。

外に出た時、彼女がこの世とは思えないような感動を受けたと言うと、史樹はそれはトリックだと笑ってその理由を仲間に尋ねたが、誰もその答えが返ってこない。一人の学生がスクリーンを見たときに付けた眼鏡を隠し持ってきたことに気付いた史樹は、プラスチックの眼鏡を重ねて回転してみろと言った。その学生は中央を切り裂いて眼鏡を重ねて回転すると明暗が九十度ごとに現れた。彼は「それは研究にも使っている偏光板だ。二十分もかけていると目が慣れてきて立体効果なんかなくなるから、上映時間が短いのだ」と説明した。アスヤはしばしば使用している偏光顕微鏡や歪光学係数測定装置に取り付けられている偏光板がこんなところに用いられ、それが恐ろしいまでに自分の感動を呼び起こしたことに大きなショックを受けた。

パビリオンの付近が急に静寂に取り囲まれ、いつの間にか今まで傍にいた仲間たちがいなくなり、薄靄の幻想空間に史樹だけが佇んでいた。アスヤは彼の胸に寄りかかっていこうとして、彼の首に両手を回してもそこは虚空である。アスヤは転びそうになり、必死に足を踏ん張った。平衡感覚のずれのために、束の間のシーンが消え去り、アスヤは数分間の気だるい眠りから目を覚ました。史樹の肩に寄りかかっていたのに気付き、慌てて体を起こして遠方にある彼の炯々《けいけい》たる眼差しを見つめた。そして今のは昔のショックが甦った夢であったと苦笑した。

二人は昨夕と同じレストランで少し早い夕食をした。今夕は史樹がアスヤを招待することにして、昨日より少なめの料理を注文をした。自分の懸命な想いを伝えるため、アルコールは注文しなかった。奥田教授や江島教授にアスヤとの結婚を祝福してもらいたいと思いが募るが、二人の恩師のアスヤ像と自分とは異なっている。なぜこんなにアスヤに魅かれるのか解らない。これが最後になるかもしれないと思うと、時間を必要とする社会主義下でのイスラムのインテリ女性という話を訊きだして、時間を潰す気にもなれない。アスヤの胸元から灰色の薄く透けたブラウスの向こうの肌が、コンピューターに取り込んだモデルの裸体と重なり合う。

史樹は今朝、アスヤの態度が煮え切らないことを念頭に置いて、カシュガルでの滞在を延期するべく、ホテルのフロントを通して飛行機の変更を打診したが、観光シーズンのため、ここ数週間のカシュガルとウルムチ間は全て満席になっていることを確認している。

食事中、彼はこれが最後のチャンスだと思い、アスヤに自分の想いを伝えることを婉曲的に試みたが、その都度彼女が話題を逸らすので苛立ちをつのらせ始めた。不愉快にも思えた。しかし、どうしても妥協できない点ははっきりしている。このまま帰国するのが互いに傷つかない最良の方法であるとも思えたが、それではわざわざ西域までやって来た意味がない。小さい頃から憧憬を抱いていた西域にやって来たことだけで良しとし、自己満足させるのはあまりに哀しすぎる。けれどもこの場を好転させる絶好の殺し文句が全く思い浮かばない。

アスヤの方も、できれば時間が緩慢に流れて欲しいと願っていた。離婚経歴のある自分に求婚するため、史樹がわざわざ西域までやって来たことに浮き浮きし、いつまでもこの状態が続いて欲しいと願った。しかし、それが明日以降、忽焉と掻き消えてしまうと考えると、その気持ちは、時間の切迫とともに精神的動揺に置き変っていた。絶望が焦燥となって押し寄せてくるが、自分が妥協しさえすれば、それは直ちに吹き飛んでしまい、ハッピーエンドになることははっきりしている。自分には生粋のウイグル族であるヌルグレのような精神を持ち合わせていないこともはっきりしている。しかし、李宝瑜の華山病院での遺言や遺体に嗚咽を催したことを思い出すと、史樹も自分もまた、彼が望まない自分の父と母が辿った同じ運命を辿り、生まれた子供もまた自分と同じ宿命に立たされることへの不安で身体全体が覆い尽くされていく。

アスヤはイスラム教の戒律に無頓着なようにみえても、時々、母の遺体を荼毘に付すことを容認した罰として、自分の遺体が荼毘に付される夢を見て冷や汗をかくのである。長い将来を見据えると、別れがベストであると自分に何度も言い聞かせた。

テーブルの上の食べ物がほとんどなくなると、アスヤは、

「ホテルの前に馬を用意させているので、少し郊外まで行ってみない」

と言い出した。史樹が昨日バザールで馬に興味を示したので、別れの前にハザフ族に伝わる愛する男女の婚礼の儀式を真似て、彼と一緒に乗ってみたいと思ったからである。これはアスヤが日本に留学して半年が経過した頃、「カシュガルは砂漠のオアシス都市である」と学生たちに説明すると、史樹が『月の砂漠』を口ずさんだことを思い出したためである。その時「自分はまだ日本語が充分理解できないので、その歌詞を紙に書いて欲しい」と頼んだ。彼女はノートに走り書きされた歌詞を読み終わると、砂漠はそんなロマンチックな所ではないと一笑した。

アスヤは懐かしそうに言った。

「覚えている。史樹が『月の砂漠』を口ずさんだことを」

「覚えているよ」

「今日はラクダじゃないけど、我慢してね」

そう言ってくれる好意に感謝した史樹ではあったが、急に不安になり、

「有り難いけど、馬に乗ったのは随分昔のことだから」

「大丈夫よ。二年間も乗ったんでしょ」

「夏のほんの短い期間だけなんだ。その時はうまくいったけど」

「じゃ、問題ないじゃない。私の方が危ないわよ」

そう言うと、アスヤは化粧を軽く直し席を立った。彼は支払いを済まして後に続いた。


目と鼻の先にあるホテルの前で、中年のウイグルの男が二頭の馬の手綱を持って待っていた。アスヤに促されると、史樹は男の助けを借りて馬に跨がった。十数年ぶりに乗ってみると目の高さが随分高い所にあり、少々恐怖感を覚えたが、男が手綱を持って広場を一周すると昔の感触を思いだした。手綱を要求し、自分でも一周してみた。何とか乗りこなせるという確信を得た。アスヤも馬に跨がると、

「この馬は老齢で、勢いよく走れないから安心よ」

と言い、彼の前を通り過ぎて行った。

街は食事時らしく、庭で調理が行われ、薪を燃やす煙が立ちこめていた。市街地を離れると人家は見られなくなったが、そこは砂漠ではなく、砂地と畑が混在していた。畑の所々には、果物の木が密集して植えられている。時折車が往来する舗装された道路から数メートル離れた所に砂地の道があり、馬はそこを歩んで行った。

アスヤは馬上で別れのレッスンを繰り返していた。道路を横切って木立が長く生い茂ってい

るのが見えた。そこはチャキマキ河の辺である。橋が架かっている。後ろの史樹は、今朝モルトム仏教遺跡に行く際に渡った橋であることを思い出した。この河はカシュガルの生命線の一つで、耕地への潅漑用水はこの河に依存している。そこはアスヤが設定した別れのセレモニーの舞台である。

史樹はアスヤに馬を併せると、しばらく河沿いのあぜ道に馬を誘導した後、馬を降りると適当な灌木を見つけて手綱を結んだ。アスヤもそれに続いた。太陽は地平線に傾きはじめていた。気温は昼間と比べそれほど低下していないが、照り返しが弱くなっているだけ凌ぎやすい。岸辺に立つと、病葉を浮かべた水のせせらぎが心地よいハーモニーを奏でており、自動車の騒音は届かない。

史樹は大きく深呼吸したあと、小石を拾って川面に力一杯投げつけた。アスヤが近づいて来た。馬上で明日が今日でないことを何度も自問自答し、覚悟ができていたアスヤは、期待した答えをもらったうえでそれを拒絶するという自分で描いたシナリオを演出すべく、

「馬にはうまく乗れたでしょう。史樹はなぜカシュガルに来たの」

と尋ねた。彼はことばかりに、西域までやって来た旅の目的を果すべく、

「マン、スズニ、ヤクシ、クルゲッチィキャ(恋ゆえに)。マン、スズニ、ヤクシ、クルゲッチィキャ、ブヤルガ、キャルディム(私はあなたに恋をしているために、あなたを訪ねてここにやっ

て来ました）。マン、スズビレン、ビルウムル、ベルラ、ウッティクムバル（結婚しましょう）」と言った。史樹が急にウイグル語で答えたからなのか、アスヤは声高に笑いだしたが、それに合わせる気にはなれず、アスヤに鋭い視線を向けた。あまりに単刀直入な答えに、アスヤは馬上のレッスンの最後に設定した言葉しか思いつかなかったが、わざわざ覚えてきたらしいウイグル語で期待した言葉を受け取った満足感から、ひと呼吸おいて、

「色々考えてみましたけれども、やはり難しいと思います」

と、最後に用意していた言葉を発した。しかしそう答えてしまうと、彼女の心から急に先ほどの満足感が一掃され、明日からの孤独が身体全体を支配し始めた。

史樹にはこの二日間のアスヤの様子から考えて、その答えはある程度予想できないことはなかった。根本的に違った風習にある程度の妥協はしえても、妻になる女性とは死後も同じ墓地に埋葬されたいという条件だけは絶対に譲れるものではない。やるだけのことはやったと言う思いと、これで自分の青春が終わったような感覚が交錯した。彼は頷いて自分を納得させるように微笑んだ。それは清冽な微笑であったが、アスヤにはそれが自分以外の全ての人に彼が今まで投げかけてきた微笑であるように思え、唇の紅さえも蒼くなるような動揺をきたした。

しばしの沈黙の時間が水のせせらぎとともに過ぎ去ると、茜雲の空が白んで夜の帳が少しず

つ忍び寄ってきた。史樹は無言のうちに馬の手綱を灌木から外して馬に跨がると、先ほど来た道を先頭にたって引き返して行った。所々に道路を照らす電灯が設けられていたが、それがなくとも、まだあたりは充分識別できる。往路で見かけたロバの荷車は消えうせ、スピードをアップした車の数が増えてきた。ヘッドライトが馬での走行の邪魔になる。

頭が空白状態にある史樹は、少し手綱を引いて馬を速く進めた。それに続くアスヤは、明日への継続を否定したのが自分であると考えると、彼の幻影が毎日付き纏いそうな感覚にとらわれ、虚ろな目付きで彼の手綱さばきを追っていた。往路の馬上で最高と考えていたセレモニーが、最悪のセレモニーとなって辛く重くのし掛かってきた。かつて遊牧民であったハザフ族の婚礼の儀式を別れのセレモニーに借用したために、罰を受けたような想いがした。

夕暮の中で、市街地の明かりが鈍く見えてきた。アスヤはふと学生時代、二人で深夜まで研究室でモニターを覗き込んだ時に自ら演じた挑発的仕草を思いだした。史樹のプロポーズをそっけなく断った後でも、チャキマキ河の辺であの仕草を演じれば、彼の理性は限界を越えたのではないかと思った。躰の芯が熱くなった。レイプされ気味にやむなく嫁いだと思わせることで、荼毘に付されるのを峻拒できる権利を当然のように保有できるのではないかと考え、あの場でそれに気付かなかった自分を疎ましく思えた。しかし一方で、「史樹は上海の張海生とは違うかもしれない」とも考えた。

アスヤはハザフ族に伝わる婚礼の馬併せの由来に則って、史樹の馬に近付こうと手綱を引いた。せめてもの慰めに馬上の彼を写真に収め、一生の思い出にしたいと考えた。

「馬上の史樹を私の記念にするわ」

力なく前方を見やっていた史樹は、アスヤが馬を併せたことに気付いて吃驚した。彼女の行為を、沈んだ自分を励まそうとしているものと受け取った。そんなことは余計なお世話だと思ったが、それでも如才なく同調した。

「有り難う。僕も馬上のアスヤを記念に撮ろう」

「じゃ、私から」

そう言って、アスヤはカメラを構えた。

「史樹、笑って」

彼は作り笑いをした。

「もっと笑って。そう。チーズ」

アスヤは鞍から腰を浮かして、両手でカメラを構えてシャッターを切った。

その時、背後の道路で大きな音がした。静止していた馬が突然駆け出した。手綱を放していたアスヤは馬上から投げ出された。彼女はあわてて手綱を掴んだため、砂地にたたきつけられることはなかったが、受け身の際に左腕を打撲した。

「アスヤ」

史樹は咄嗟に馬を下り、駆け寄ってアスヤを抱き起こした。

「大丈夫か。痛むか」

「左腕を打ったの。でも、たいしたことはないわ」

「びっくりしたじゃないか。足の方は大丈夫か」

「大丈夫よ。小さい時、ロバから落ちたことが何回もあるから。その経験が生きたみたい」

アスヤは痛みで顔を顰めながら微笑み、彼を安心させようとした。

「たいしたことはないといっても、痛むだろう」

そう言って、史樹はアスヤのジーンズの上着を脱がせ、ブラウスの裾を捲り上げた。左腕には擦り傷ができ血がにじんでいたが、たいしたことはなさそうである。史樹はまだ使用していないハンカチで患部を巻き付けた。

「左手を結んだり、開いたりしてみて」

アスヤは従った。

「大丈夫だ。大したことない」

史樹は、安心感を与えるように言った。アスヤは手を動かしながら、この偶然の痛みを伴うハプニングが、チャキマキ河辺での自分の演出の失敗を帳消しにしてくれる新たなストーリーの展開になることを願った。写真を撮るためではあったが、史樹に馬を併せに行ったことから生じた自分の腕の痛みが、ハザフ族の婚礼の儀式における男女の機微へと転化していくことに期待を寄せることにした。

史樹は衝撃音がした道路の方に体を捩った。路上に散布された陶器の欠片が車のヘッドライトに映し出され、そこを避けるように車が走行していく。先ほどの大きな音は、積み荷のロープが緩んで、積んでいた金物と陶器が荷台から滑り落ちた時の衝撃らしい。

一人の男が滑り落ちた荷物を一生懸命に積み上げていた。トラックの運転手らしい。トラックを落ちた荷物の所までバックさせたようだ。運転手は荷物の積み上げが終わってもこちらを振り向かない。ハプニングには気付いていない様子である。史樹は腹立たしくなり、アスヤに落馬の理由を説明するように言った。右手を史樹の左肩に置いていたアスヤは、慌てて言われるままに大声をあげて抗議した。運転手が駆け寄って来た。事の次第を知らされて吃驚《びっくり》したらしく、一生懸命アスヤに謝罪している様子である。漢語である。どうやらウイグル人ではなく、漢人らしい。ホテルまでは近いといってもまだかなりの距離を残しており、腕の痛みを堪えて再び馬に跨がるのは危険である。史樹はアスヤに向かって、

「トラックでホテルまで送ってもらっては」

と言った。

アスヤにとってこの痛みは耐えられないほどのものではない。このままもう少し二人で時間を過ごしたいと思ったが、夜の帳が降りた人けのない場所でそんな悠長なことを考えている暇はない。やむなく、心とは裏腹にそれを受け入れた。

少し離れた所に二頭の馬がいる。先ほど、衝撃音に驚いてアスヤを落馬させた馬は、もう一頭の馬の傍に戻っている。史樹はアスヤがトラックに乗るのを見届けると、やむなく二頭の馬を引いてホテルに向かった。

ホテルの前に到着すると、馬を貸してくれた中年の男が待っていた。傍には英語が多少話せるホテルの従業員がいたが、トラックの運転手の姿はない。従業員はアスヤがホテルの一室で休んでいると言った。その部屋は、アスヤのアルバイト先の旅行社が、ガイドの休憩のため借り切っている場所である。二頭の馬をその男に返し、従業員から部屋の番号を訊きだすと、アスヤの所へ急いだ。

ドアを開けると、アスヤはジーンズを脱いで、ベットに横たわっていた。毛布が掛けられていた。痛めた方の左腕は毛布の上に置かれ、濡れ手拭いが巻かれ、毛布と左腕の間にはビニール袋が敷かれていた。血がついているはずの史樹のハンカチは洗濯が施され、ベッドの横のタオル掛けに干されていた。一人のお下げ髪の女性が、ベッドの横の椅子に座って付き添っていた。

「アスヤ、大丈夫か」

「大丈夫、痛みも少し退いてきたから。ホテルの部屋にこの女《こ》が居てくれ、世話してくれたの。同じ旅行社のガイドさんよ」

アスヤは史樹を安心させるように言った。若いガイド嬢は日本語が全く理解できないようで、アスヤが英語で史樹の紹介をすると、彼女は、

「宜しく」

と言った。史樹は打撲には、水よりも氷の方が効くと思い、

「ちょっと」

と言って部屋を出た。

フロントに行くと、若い従業員に氷を要望した。彼は即座に、責任問題が降りかかることを恐れるかのように、

「調理場には誰もいない」

と言って断った。それでも史樹は、激しい口調で執拗に説き伏せた。彼はアスヤと長い顔見知りなので、執拗に食い下がられると、最後にはしぶしぶ折れざるを得なかった。

調理場の電気は消えていたが、ドアには鍵がかかっていない。史樹は壁スイッチを見つけて

電燈をつけた。調理道具が整然と片づいていた。夕食の片づけが終わって時間が経っていないせいか、調理後の匂いが漂っている。

史樹は大型の冷蔵庫を見つけた。カシュガルでは電気冷蔵庫の普及率が低く、生ものの保存には、上部の冷凍室に入れた氷の冷気の循環に頼るのである。冷蔵庫を開けるとブロック状の氷が十個入っていた。どの氷も半分程度に目減りして、中央が窪んでいる。小学生の頃、とても柔らかく、おいしいかき氷が食べられた店では、この種の氷が削られていたことを思い出した。

史樹は最も大きい氷を取り出してタオルに包んで後ろを振り向いた。不服そうな顔をして行動の一部始終を窺っていた従業員と目があった。財布から二十元札を取り出して彼に手渡すと、急いで調理場を出た。従業員も無動作にズボンのポケットにそれを突っ込むと、彼の後に続いた。調理場に入ってから出て来るまで、二人が口をきくことは一度もなかった。

アスヤの部屋に行く途中、自分の部屋の旅行鞄の中に、精神安定剤が入っていることを思い出した。これは、米国へ留学する前、飛行機の中で眠れるようにと医師に相談した際に渡された薬で、実際には一度も使っておらず、鞄の中に固定された小さな物入れ袋に入ったままで三年半が経っている。効能は落ちているかもしれないが、痛みを和らげるには、少し寝かせることが一番だと思った。

自分の部屋に入った史樹は、鞄の中に物入れ袋を見つけた。中にはプラスチック包装紙で密封された精神安定剤が数錠並んで入っていた。包装紙を破ってその中から一錠を取り出し、ナイフで二つに割ったがうまく均等にはいかない。小さい方をティッシュに包むと、浴室のタオル二枚を鷲掴みにしてアスヤの部屋に向かった。

「アスヤ、氷で冷やせばもっと早く痛みが退くよ」

「どこから持ってきたのよ」

「ちょっとした所から。訊かない、訊かない」

そう言って、史樹は、横になっているアスヤから左手に巻いてある生暖かくなった濡れタオルを外すと、氷を包んでいたタオルで彼女の左腕を湿布した。

「冷たくて気持ちいい」

「そりゃ気持ちいいよ。僕も捻挫した時、経験があるんだ。それにこれを飲めば少し眠れるよ。起き上がって飲んでごらん」

そう言って、史樹は傍にあったポットの中の飲料水をコップに注いで、アスヤに起きることを促した。彼は精神安定剤半錠を、付き添いのガイドに起されたアスヤの口に入れ、コップを手渡した。アスヤは疑いもなく錠剤を水で飲んだ。

夫婦でもない男女のこのような場での行動は、日本語の解らない若い女性ガイドにとっても異様な光景に映ったようである。彼女は「日本に行くとイスラム女性もこのようになるのか」と言いたげな表情を浮かべた。彼女はアスヤを横にして毛布を掛けると、一言ウイグル語で話しかけ、史樹に軽く会釈をして部屋を出て行った。

付き添ってくれていたガイドが出て行った理由を察知した史樹とアスヤは、このような場所に二人だけで居合わせることにばつの悪さを覚えた。それを払拭するかのように二人は学生時代の思い出に花を咲かせた。その間、史樹はアスヤの左腕の湿布を二回取り換えた。

アスヤは薬が効いてきたのか、眠り始めた。史樹は徐ろにジャケットの胸の内ポケットから折り畳まれた一枚の紙を取り出した。それは日本を発つ時に持ってきた婚姻届の書類である。うまく話が運ぶことを期待して役所からもらってきていたものである。それをしばらく見つめていると、振って湧いたような絶好の機会を利用して、アスヤが目をさましたら、強行に口説き落とそうかと思った。あるいは今、眠ったアスヤのベッドに潜り込んでものにしようかと思った。自分が激しくアスヤの躰を求めていることをはっきりと自覚しえた。彼は、アスヤが目をさましても抵抗もなく自分を受け入れてくれるような気もした。イスラムの戒律の厳しさから抵抗しても、それは激しいものでないような予感がした。

深い眠りのアスヤを見つめていた史樹は、掛けられた毛布をアスヤの胸の下までまくり上げた。灰色の薄く透けたブラウスの合間からブラジャーが少し覗いている。顔を近づけると良い匂いがした。自分の唇をアスヤの唇にそっと重ねた。柔らかい触覚である。胸の動悸が高まる。唇を離すと、手の震えをコントロールするようにブラウスのボタンを外し始めた。

三つ目のボタンを外し終えた時、アスヤの口元が少し動いた。咄嗟に捲られた毛布を元通りにし、再びアスヤを見つめた。突然、アスヤが自分に対する愛情とは別に、精神安定剤が信頼できる人間への無警戒であったとしたら、その行為は彼女への卑劣な裏切りにほかならないという想念が襲ってきて、全身が身震いした。史樹は、頭を抱え込んだ。

史樹はアスヤの寝顔を凝視しながら、左腕に巻かれたタオルを取り換えた。眠りが浅くなったのか、冷たい刺激を与えると、アスヤは口元を盛んに動かし始め、右肩をほんの少し揺動させ、それが数分の間隔で繰り返されはじめた。アスヤの揺動がおさまるのを待って、外したブラウスのボタンを元通りに掛けるチャンスを窺うしかない。しかし、彼女の揺動は繰り返される。アスヤが目を覚ましはしないかという恐れから、それを躊躇せざるをえない。

史樹は、もし現時点においても、アスヤが荼毘に付される恐怖や仏教寺院に埋葬されることへの拒絶から、自分を受け入れる意思がなかった場合、自分に無警戒であるアスヤを求める行為は、野獣めいた人間の行為に近いような感覚にとらわれた。さらに運悪く、もしアスヤの身体にイスラムの教義に基づく倫理観が染み付いていたならば、事態は最悪の方向に展開していくに違いないと思った。史樹は再び毛布の上に置いたままの婚姻届に目をやり、それをゆっくりと内ポケットにしまい込んだ。

史樹は、アスヤの遺体が荼毘に付され、仏寺に埋葬されるのは、ずっと遠い先のことであるので、それを棚上げできる名文句を探すことに思案した。首の揺動が大きくなるアスヤを見ながら知恵を捻っても、満足できる言葉は浮かんでこない。焦っているうちに、研究室の仲間のことが思い出された。

史樹が長い独身生活を送っている間に、同僚はむろんのこと、面倒をみた後輩の何人かは熱烈な恋愛の後に結婚していった。披露宴で祝辞を述べたことも少なくない。けれども、その中の幾組かは、早々に離婚している。彼らのほとんどは、残った面倒な問題を引き摺って仕事にも支障をきたしている。そのうち、もっとも卑近な例である二番目の兄の洒落にも成らないトラブルが脳裏を過った。兄はそのために大学を去り、両親にも大変迷惑をかけたことは事実である。

「さしたる能力もない自分が、教育・研究に専念するために、面倒なことだけは避けたいものだ」

史樹は自分に言い訊かせるように呟いた。彼はアスヤの寝顔に微笑みかけて、頭を軽く撫でながら再び呟いた。

「もし、お前が僕についてくる決心をしたならば、僕を訪ねて日本にやって来るよな。その運命の是非は天地創造の神の思し召しにまかそう。死後も愛し合いたいという僕の愛のメッセージは、充分過ぎるほどお前に届いているはずなんだから」

史樹がようやく自分なりの回答をみつけて間もなく、アスヤが目を覚ました。二時間以上の眠りであった。時計は十二時を回りかけている。

「少しよくなったかい」

「随分痛みも退いたわ。史樹のおかげね」

「明日、医者に診てもらうといいよ」

「有り難う。今、何時」

「十二時を少し回ったところだ」

「私、ぐっすり寝てしまっていたのね。もう帰らないと」

アスヤは右手で床を押すように起き上がった。ボタンが三つ外れたブラウスから、ブラジャーが現われた。史樹はばつが悪くなり、ボタンを外したことをアスヤに悟られまいと彼女から大きく目を背けるゼスチャーをした。アスヤは慌てて右手で毛布を体に巻き付けたが、ボタンは寝ている時に自然に外れたものと思っているようで、恥ずかしそうに顔を赤くした。

「じゃ、これで失礼して僕は部屋に戻る」

史樹はそう言った瞬間、アスヤが自分を訪ねて日本に来なければこれが最後の別れになるという想いで急に寂しく切ない心境になって、言葉が滞った。

「明日、何時の飛行機」

アスヤが声に芯が通っていない口調で尋ねた。

「八時」

「空港まで送って行くわ」

「いいよ、早いから。それより医者に診せなくっちゃ。明日の朝、五時半にタクシーが来るようにすでに予約してあるから。元気でね。時々手紙を書いてね。僕も書くから」

そう言って、毛布を押さえたアスヤの右手をこじ開けて握手を求め、

「ホシュ（さよなら）」

と言って部屋を出た。ドアが風を起こして閉まった。

部屋に戻った史樹は、しばらく放心状態にあった。残念に思う気持ちとやるべきことをは全てやったという気持ちが交錯していた。アスヤが日本に自分を訪ねてくれる以外、死後も添い遂げてくれる確証はない。その確率は今日のアスヤの落馬というハプニングにより、決して低くはないと思った。しかし、それは独りよがりな考えかもしれない。今からすぐにアスヤの部屋に引き返し、愛を告白して二人の間に横たわっている厚いか薄いか判らない壁を破ってみた

い。焦がれるとか取り憑かれるとかいう言葉よりも強く暴れる野獣を、理知に包装された内奥に棲まわせている自分を強く意識した。

史樹は野獣じみた欲望に容器を辛うじて被せてバスルームに行き、蛇口を勢いよく捻った。赤茶色の水の流れが心を鎮めていく。ここは文化、宗教が自分の生育地とは異なるカシュガルなのだ。水が無色透明になるころには次第に野獣は影を潜めた。シャワーを浴び終えると、アスヤに飲ました精神安定剤の残り半錠を口に含み、目覚し時計をセットしてベッドに潜り込んだ。


史樹の別れの挨拶に応えることもできないで、全てが瓦解したような思いで彼の手を軽く握っただけであったアスヤの全身に、言い様のない虚脱感が襲っていた。史樹の姿が消えた後も、彼女はベッドからすぐに立ち上がることができないまま、暫く茫然とドアを見つめていた。部屋に一人取り残されたような心境になったアスヤは、なすすべもなかった自分が腹立たしく思えた。

ホテルを出て帰路についたアスヤは、自宅への道程が近づくにつれ、明日からの不安に耐えられなくなった。このままでは一生史樹の影に悩まされるかも知れない。史樹と一晩共にさえすれば彼を忘れさることができるかもしれない。激しく燃えれば燃えるだけ忘却は完全になるかもしれない。それが自分の精神状態の安定を保てる最善策であると考えた。さっき史樹が自分の右手をこじ開けた際、咄嗟に彼の胸に飛び込めばよかったと後悔した。

　上海でかつての夫、林国棟と別離中に、瞬時の関係をもった張海生のことを思い出すことは、史樹への年賀の返事を書こうとした時だけである。しかし史樹との思い出に浸ることは今までに何度もあった。会いたい衝動に胸が張り裂けそうになる日もあった。明日の芽を摘み取った自分には、明日から史樹の影に悩まされることは時間が解決してくれそうにないと判断した。彼が誰かと結婚した後もこれが負の桎梏として続くことに耐えられない心境になった。史樹が逆に時間とともに自分を忘れていくと思うと、急にいたたまれなくなり、自宅に駆け足で戻ると、左腕の痛みも忘れ、慌てて自転車に跨がった。左腕でハンドルを握るにはまだ痛みがきつい。右手だけでハンドル操作をした。幸いなことに、この通りはメイン通りでないので、深夜に車はない。人影もまばらである。

　ホテルに着くと駆け足でフロントに行き、史樹からの言付かり物を受け取るのを忘れたと偽って、彼の部屋番号を訊きだし、エレベータで三階に上がった。

　部屋は非常階段の傍にあった。アスヤは唾を飲み込んでドアを静かにノックした。応答はない。少し力を入れてノックした。しかしそれでも応答はない。精神安定剤の効いた史樹は、深い眠りの中にいた。今度はドアを強く叩いたが、その音が空しく廊下に伝播する。史樹が深い眠りに入っていることを察したアスヤは無性に悔しくなり、逃げるように非常階段を降りて行った。史樹が眼を覚ましたのは、目覚まし時計の音が鳴り響いた時である。

帰宅したアスヤは、自分の落馬が事態の好転に繋がらなかったことに、苛立ちと憔悴を覚えた。左腕を濡れタオルで湿布して腰を落ち着けると、それらはピークに達した。ロックのボリュームをいっぱいにしたが、空しさは癒されない。痛くない右腕でテーブルを力いっぱい叩いた。それでも治まらない。

アスヤは夢遊病者のように立ち上がり、本棚の片隅に置いてあるファイルを取り出した。そこには、史樹との共著の論文が数編と中断したままの理論を記載したノートが入っている。まだ整理されていない実験データもある。全てが史樹と関わっているが、カシュガルに戻ってからは一度も開いたことはなかった。

ファイルを開くと、昨日の史樹との対話が甦って、ロックの振動とともに未完成の数式に吸い込まれていく。数年間の空白が充電期間であったかのように、自分の魂が躍動し、かつての中断した研究の中味を懸命に思いだそうとしている。

「私は光り輝こうとしているんだわ。やりたいことをやって」

アスヤは思わず呟いた。時間の経過とともに、かつて中断した理論計算の詳細が甦り、その先の結論までがぼんやりとみえてくる。やるべき実験の方法が具体的に脳裏を過る。開いたファイルの上に、日本で史樹と遅くまで研究した光景が映し出されてくる。人生で最も充実した日々であるように思えた。史樹への恋もさることながら、今の自分は研究を再開する場を得るために、彼を必要としているということがはっきり認識できた。

昨日の史樹との対話から推察して、学会の流れは速そうでない。これから再開しても遅くなさそうだ。史樹との愛を越えた所に自分の存在を見出せたことへの満足感が体内に充満する。アスヤはその充実感に浸った。

アスヤは、ふと李宝瑜を思い出した。それは華山医院で死の床にあった母でなく、洋長興羊肉館で一家団欒で食事をした時の生き生きとした母の姿である。自分の中を流れる血は母と同じであるような思いがした。

カシュガルで母が働いていた綿紡工場は開放経済の波が押し寄せてきて、今では倒産してしまっている。母は時代の流れを膚で敏感に感じ取っていたのかもしれないと思った。林国棟との生活は人生の単なる一齣であり、張海生との関係への拘りは、アラーの神への意識過剰な恐怖心によるものであると思えた。ウルムチに在住する姉ヌルグレと自分の歩むべき道は異なって当然だ。アスヤはここにきて、自分のイスラム教は、ほんの仮初めの心の支えでしかありえないという結論に達した。上海での母の死も先夫との離婚もそれは結果論に過ぎないように思えた。アスヤは民族、文化、宗教の違いとの葛藤に終止符をうつべく、

「母も私も、その時点ではその選択が最高だと考えたに違いなかったんだわ」と何度も自分に言い聞かせるように呟いた。離婚歴のある自分を訪ねて来たのは、共通認識の成り立つ愛する史樹である。日本に行くとなれば、新たにパスポートとビザの申請をする必要がある。教育に支障をきたさないように、退職時期をはっきりさせなければならない。しかし何よりも自分の想いを史樹に伝える演出は明日の早朝しかないかもしれない。数カ月後に日本に行く手続きの詳細を史樹と相談するには、あと数日が必要となる。アスヤは全てを納得したかのように頷き、ロックの音をミニマムにした。時計は三時を大幅に回っていた。

アスヤはゆっくりと隣の部屋に行くと、押し入れから小さなバッグを痛くない右手で取り出した。そしてさらなる休講届の延長を、同僚の自宅に電話で依頼することにした。常識外れの時間帯を承知のうえである。

五時を少し回ったホテルには、ロビーに人影がない。気温は高いのに、売店のショーウインドーの土産物が寒々しい。史樹はホテルの外に出た。北京時間ではまだ三時を回ったところなので、あたりはまだ暗く深夜である。ホテルの入り口付近の照明と、広場を挟んで向こうに見えるレストランのネオンサインだけが周囲を支えている。物音といえば、時折砂漠から吹き寄せる突風の音だけである。彼は今後の進展がない限り、再びやって来ることのない街にアスヤがいると思うと立ち去ることに躊躇を覚えた。

史樹は腕時計で時間を確認し、時間の経つのを惜しむかのようにあたりを見回した。するとホテルから数メートル離れたところにある小さなバラック建ての向こうから、右手にバッグを持ち、顔全面をパルダで被った女性が姿を現し、数歩歩いて立ち止まった。暫くして、彼はその女性が自分の方を向いているのに気付いた。立ち止まっていた女性は、史樹の傍に静かに近寄ってきて再び立ち止まった。紫紺のスーツのスカート丈は短い。この種のスーツにパルダ姿の女性に出くわすのは初めてである。

しばしの沈黙が流れた。その女性はゆっくりとパルダをとった。薄闇の中でその一点が凛と引き締まった。アスヤである。パルダに覆われていたアスヤの瞳はこういう時にこそ似つかわしくつやつやと輝いていた。

史樹はその表情から、アスヤが見送りにやって来たとは思えなかった。よく見据えると紫紺のスーツは見覚えのあるものだった。心臓が文字通りに一拍飛ばして脈打った。心の灯火が一挙に連鎖して点いたような歓びが頬を緩めた。自然に湧いた微笑だった。その微笑が一歩の前進を促したかのように、アスヤも美しい微笑みを返してきた。顔の隅々まで今一番美しくありたいという願いが籠っているような緊張と緩みのある微笑みだった。

「僕についてこいよ」

「豚肉料理は作りませんからね。それでいいのなら」

アスヤは自分の緊張を解すように微笑んだ。史樹はにっこりとして、ジーンズのポケットからウルムチ行きの航空券を取り出すと、それをビリビリと小片に破いて上にほうり投げた。バラバラになったチケットは夜風に舞って散った。アスヤは淡々と彼の仕草を眺めていた。史樹の行動は今までの彼を知る彼女には驚くほどのことではない。

「これからバスで二日間かけてウルムチに行こう。残念ながら今日の飛行機は満席だ」

バスの発車時刻が飛行機と同時刻であると知ったのは、二人連れの若い日本人の男が昨日の早朝、ロビーで話しているのを立ち聞きしたことを思い出したことによる。これから乗ろうとするバスは、アブドラと李宝瑜がアスヤの結婚の披露パーティーに出発した時にも、李宝瑜がカシュガルを離れた時にも乗車した同じ長距離バスで、発車時刻も同じである。

「北京からすぐに帰国するのはやめた。ウルムチから上海に行こう。そこで少し二人でゆっくりしながら、ビザの取得がスムーズにいくための手続きを相談しよう」

「大学の方は大丈夫」

「授業の方はまだ始まらないし、三日や四日、無断で休暇を延長しても、江島先生はまだ出張中なんだ」

史樹はアスヤの腕の痛みには一切触れなかった。ポケットに婚姻届が入っているのに気付くと、それをアスヤに示した。昨夜、付いていく以外に選択肢がないと悟っていたアスヤは、近い時期での退職を模索するとともに、自分の遺体が荼毘に付されるか否かは、遠い将来の葛藤であると決め込んで一切考えないことにし、史樹と共に人生を送ることを決心していた。

アスヤは史樹が差し出したものが婚姻届けであることを確認すると軽く頷き、バッグとパルダを下に置いて、史樹の体に飛び込んでいった。彼はアスヤの顔を見つめて静かに舌を合わせると、それに呼応して彼女は激しく求めた。

アスヤは左腕の痛みを忘れたかのように史樹の肩に手を回し、彼をリードするように舌を何度も絡ませた。

タクシーがやって来た。史樹はアスヤに先に乗るように促した。タクシーが発車するとアスヤはパルダを膝の上で丁寧に畳んだ。それはアイグルが、結婚式に着けるように手渡してくれたヌルグレとの揃いの品であるが、前夫との結婚の際にはそれを着用する機会はなかった。タクシーが人影のないメインストリートに出た。アスヤはサイドガラスに映し出される夜明け前のカシュガルの市街地を眺めながら、

「インギ、トルムシ（新しい出発）」

と呟いた。

あとがき

カシュガルは天山山脈と崑崙山脈に囲まれたタリム盆地の中央部のタクラマカン砂漠を囲む新疆ウイグル自治区のオアシス都市のうち、最西端に位置し、国境まで約百キロである。人口の約九十パーセントをイスラム教徒であるウイグル族が占めている。この物語のカシュガルは、鉄道が開通する前年の一九九八年九月上旬に設定されている。私が訪れた頃の夜のカシュガル空港のロビーは、まるで暗闇で人の識別ができない所だったが、今は多少整備され、明るくなっていると聴いている。作品中にでてくる新疆工学院は二〇〇〇年十二月より新疆大学と合併している。私がこの小説を書き上げたのは一九九九年十月で、その後、推敲を重ね、刊行を決意したのは、米国での貿易センター爆破テロ事件であった。

私はこの小説で、主人公の史樹がイスラム世界の慣習をほとんど理解しないままカシュガルに赴き、アスヤと再会したために生じてくる諸々の行き違いを描写することにより、「文明の衝突」がベストセラーになる現在において、その発想に批判的立場で、この小説の今日性を読者に問いかけたいと考えている。そのため、時にはあえて小説で重要視される視点を主人公や特定人物に置く書き方を避け、私が読者に登場人物の思考をあらかじめ知らせることによって、文化、宗教の違いによる人々の考え方の相違点や類似点を浮き彫りにし、愛する二人が互いの妥協点を見いださせることに心掛けている。

人類が宇宙の中の幸運児である地球に生を賜っているという認識に立つならば、埴谷雄高の『死霊』は、人間と宗教の関わりを原点に立ち返って考える大きな指針になると、私は信じてやまない。

二〇〇二年六月

著者

著者プロフィール

松生 勝（まつお しょう）

本名・松生 勝（まつお まさる）
奈良女子大学教授

カシュガル

2002年 9月15日 初版第1刷発行

著　者　松生 勝
発行者　瓜谷 綱延
発行所　株式会社 文芸社
〒160-0022 東京都新宿区新宿1-10-1
電話 03-5369-3060（編集）
03-5369-2299（販売）
振替 00190-8-728265
印刷所　図書印刷株式会社

ISBN4-8355-4395-5 C0093